VERUM

COURTNEY COLE

VERUM

SÉRIE NOCTE

LIVRO 2

Tradução
Mauricio Tamboni

1ª edição

Rio de Janeiro-RJ / Campinas-SP, 2019

VERUS
EDITORA

Editora
Raïssa Castro
Coordenadora editorial
Ana Paula Gomes
Copidesque
Lígia Alves
Revisão
Cleide Salme

Foto da capa
Stephen Carroll Photography/Getty Images
Valeriy Karpeev/Shutterstock
Projeto gráfico
André S. Tavares da Silva
Diagramação
Juliana Brandt

Título original
Verum
The Nocte Trilogy, book 2

ISBN: 978-85-7686-775-3

Verus Editora Ltda.
Rua Benedicto Aristides Ribeiro, 41, Jd. Santa Genebra II, Campinas/SP, 13084-753
Fone/Fax: (19) 3249-0001 | www.veruseditora.com.br

CIP-BRASIL. CATALOGAÇÃO NA FONTE
SINDICATO NACIONAL DOS EDITORES DE LIVROS, RJ

C655v

Cole, Courtney
Verum / Courtney Cole ; tradução Mauricio Tamboni.
– 1. ed. – Campinas [SP] : Verus, 2019.
; 23 cm. (Nocte ; 2)

Tradução de: Verum
Sequência de: Nocte
Continua com: Lux
ISBN 978-85-7686-775-3

1. Romance americano. I. Tamboni, Mauricio.
II. Título. III. Série.

19-56401 CDD: 813
CDU: 82-31(73)

Vanessa Mafra Xavier Salgado – Bibliotecária – CRB-7/6644

Revisado conforme o novo acordo ortográfico.

Seja um leitor preferencial Record.
Cadastre-se no site www.record.com.br e receba
informações sobre nossos lançamentos e nossas promoções.

Atendimento e venda direta ao leitor:
sac@record.com.br

Para Natasha
Porque você sempre acredita em mim,
até quando eu mesma não acredito.

PREFÁCIO

Querido leitor,

Em *Inferno*, Dante Alighieri escreveu:
"Não tenha medo: nosso destino
não nos pode ser tirado, ele é uma dádiva."

Dante mentiu.

Precisamos trabalhar pelo nosso destino.
Precisamos pagar por ele.
Com lágrimas.
Com sangue.
Com tudo o que temos.

E é só no fim,
bem no fim,
que saberemos se valeu a pena.

PRÓLOGO

— Até mais tarde, Cal. Tem certeza que não quer ir?

Paro o que estou fazendo e ergo o olhar na direção do meu irmão, parado na porta do salão.

— Certeza — respondo rapidamente. — Preciso passar um tempo sozinha. Pode ir e encontrar o seu amigo.

— O meu amigo precisou cancelar — Finn comenta, de cara fechada. — Acho que furou comigo. Tem certeza que não quer ir?

Lamento em silêncio porque não sou fã da banda Quid Pro Quo, mas Finn está esperando esse show há meses. Não tenho como dizer não.

Mas nesse momento minha mãe chega para me resgatar.

— Eu vou — ela oferece.

Finn comemora:

— Le-gal! — E olha para mim. — Quem vai à feira perde a cadeira. Vamos embora logo!

Só consigo esboçar um sorriso enquanto eles se vão, já que essa coisinha simples o deixa tão feliz. A maioria dos caras da nossa idade jamais iria a um show com a mãe, mas Finn não é como a maioria.

Afundo o corpo no banco perto da janela e apoio a cabeça no vidro enquanto vejo os faróis desaparecerem na estrada.

Doce Finn.

Especialmente agora, depois do que Dare me disse... depois do que ele confessou, eu preciso do meu irmão.

Finn e eu não podemos ficar separados. Agora isso está mais claro do que nunca. Temos que proteger um ao outro. Temos que manter a sanidade um do outro.

Pego o telefone.

Minha mãe precisa saber, e vai ser tarde demais quando eles chegarem em casa. É por isso que essa ligação não pode esperar.

O problema é que minha mãe não quer ouvir agora. E aí ela grita.

Alto e estridente, no meu ouvido.

— Mãe? — chamo, temendo a sensação de dedos gelados se apertando em minha espinha.

Nada de resposta.

— Mãe! — insisto, agora assustada.

Mesmo assim, sem resposta.

Tudo gira à minha volta, imagens e cheiros e sons, e de alguma forma eu sei que ela nunca mais vai responder. Mentalmente, vejo seu rosto, ensanguentado e atingido.

Não consigo respirar e, no meu coração, sei que ela se foi. Sei enquanto corro até a varanda, enquanto vejo a fumaça ser empurrada montanha abaixo pelo vento no céu da noite.

Sei enquanto afundo o corpo em uma tábua da escada, ainda segurando o telefone.

Sei enquanto a náusea se espalha em ondas pontiagudas e o mundo gira.

Sei enquanto Dare vem mancando pelo gramado, a testa suja de sangue.

Sei enquanto ele se posiciona à minha frente, abatido e escoriado.

— Calla, você está bem? — sussurra, apoiando a mão no meu ombro.

Há sangue em seus dedos.

— Você está bem? — repete.

De alguma forma, consigo movimentar a cabeça, olhar para o homem que amo, o homem que odeio, o homem que temo. Em meio a tudo isso, em meio a todo o sangue e fumaça, só consigo me concentrar em uma coisa.

Uma pergunta.

— Por que você está aqui? — pergunto, com a voz afetada. — Não faz o menor sentido.

— Você sabe por quê, Cal.

Uma gota de sangue pinga de sua testa.

Sei?

De repente, não sei de nada.

Nada que faça sentido.

Meus pensamentos são peças que não se encaixam.

— Onde está o Finn? — meus lábios se movimentam.

Dare me encara; seus olhos escuros parecem reservados e urgentes.

— Temos que chamar uma ambulância.

Estou congelada, então Dare pega meu telefone e digita os números.

Sua voz se mistura aos sons da noite enquanto ele conversa com o atendente, mas uma frase penetra a confusão de minha consciência.

— Aconteceu um acidente.

Espero que ele termine, espero que desligue o telefone e olhe para mim antes de finalmente falar.

— Aconteceu? — pergunto, com a voz trêmula e frágil e fraca. — Foi um acidente?

Ele fecha os olhos.

I

Tudo está em câmera lenta.

As ondas, os movimentos da boca de Dare, suas palavras. Olho para ele, para a barba por fazer escura no seu maxilar, a forma como ele engole a saliva. A forma como seus olhos me pressionam, me assustam.

— Você ainda tem uma pergunta, Calla — ele me lembra. — Faça.

O último ano gira em minha mente em borrões e fragmentos. Dare estava lá. Em todos os momentos. Esteve comigo, me sustentou, me amou.

Estava mesmo?

Meus lábios tremem enquanto tento movimentá-los.

— Por que você estava lá naquela noite? — enfim pergunto, escolhendo as palavras com cuidado. — Não era para estar, mas estava.

Ele responde com uma de suas perguntas, me encarando com cautela.

— Qual noite, Calla?

Fico sem palavras enquanto o encaro.

— Você sabe qual noite. *Aquela noite.* A noite em que o meu irmão morreu.

Alguma coisa cintila no olhar de Dare, mas ele se recompõe.

— Agora você lembra? Lembra que eu estava ensanguentado?

Já estou negando com a cabeça, lentamente, em choque. Não por não lembrar, mas porque não quero lembrar.

— Havia muito sangue — recordo, pensando em como o líquido escorria pela têmpora de Dare e respingava em sua camisa. Tingia o tecido de vermelho, se espalhando em uma mancha assustadora no seu peito. — Eu não sabia se o sangue era seu ou... do Finn.

E, por um breve segundo, eu me esqueci de que Dare havia me confessado algo.

Esqueci que senti medo dele por causa disso.

Porque, em meio a todo aquele sangue, eu só conseguia ver meu medo de perdê-lo, porque, meu Deus, eu o amava de qualquer jeito.

— Você me apoiou — meus lábios tremem. — Quando eu estava caindo. Você me apoiou enquanto eu esperava o... Finn.

Esperei Finn telefonar.

E esperei e esperei e esperei.

As sirenes se lamuriavam naquela noite, e eu andava de um lado para o outro.

Finn nunca telefonou.

Dare assente.

— Eu sempre te apoiei, Cal.

— Quando meu pai chegou e contou... Quando me revelou o que tinha acontecido com o Finn, todo o resto desapareceu — lembro, olhando para o mar. *Deus, por que o oceano me faz sentir tão pequena?* — Nada mais importava. Nada além dele. Você desapareceu, Dare.

A verdade é dura.

A verdade é dolorosa.

E eu a exponho ali, em carne viva, como um músculo rosado, como sangue.

Dare fecha os olhos, seus olhos negros e cintilantes.

— Eu sei — ele confirma, em tom suave. — Você não lembrava de mim. Passou meses sem lembrar.

Sabemos disso. Nós dois sabemos. É por isso que estamos aqui, parados diante do oceano, tentando recuperar minha memória. Ela está passeando pelo mar há tempo demais, longe de mim, chafurdando.

Eu a agarro com dedos frenéticos, tentando reaver todas as minhas lembranças. Mas elas são teimosas, as minhas lembranças. Elas não vêm.

Mas uma ressurge.

Meus olhos queimam enquanto eu os fixo em Dare.

— Você me confessou uma coisa. Algo que me assustou.

As pálpebras de Dare estão pesadas, talvez pelo fardo da culpa.

Ele assente. Um movimento curto, breve.

— Você lembra o que eu disse?

Ele fica em silêncio, seu olhar preso ao meu, me queimando.

Repasso minhas lembranças, rápido, rápido, mais rápido... Mesmo assim, acabo de mãos vazias. Com nada além de um sentimento.

Medo.

Dare percebe o medo em meus olhos e desvia o olhar.

— Eu tentei te contar, Cal — diz, quase implorando. — Você não entendeu.

Sua voz se desfaz, e meu coração parece deixar de bater.

— O que eu não entendi? — pergunto, com a voz empolada. *Diga logo.*

Ele agora ergue a cabeça.

— Não é difícil entender — declara. — Se você lembrar tudo o que eu contei. Pode tentar?

Olho apaticamente para ele.

— Eu já tentei. Eu... não encontrei nada, Dare.

Sua cabeça cai um pouquinho, um pouquinho quase imperceptível, mas eu percebo mesmo assim. Dare parece desanimado, decepcionado.

Ele nega com a cabeça.

— A informação *está* aí. Relaxe, Calla. Relaxe e ela vai aparecer. Mas agora você já deve saber que não está segura. Precisa confiar em mim.

— Você estava do meu lado — digo a ele. — Disso eu me lembro. Sempre esteve do meu lado.

Dare nega com a cabeça.

— Não, isso não é verdade. Eu vim até aqui por um motivo, depois esse motivo mudou e *se transformou em você*. Juro pela minha mãe.

— A sua mãe está morta — aponto duramente. — E a minha também. E agora eu devo simplesmente acreditar em você?

Dare suspira, emitindo um ruído instável, desigual. Tenta tocar minha mão, mas eu a puxo. Ele não vai me tocar. Não mais.

— Você não entende — diz, baixinho.

Eu o encaro.

— Não, eu não entendo.

E você não tem ideia do que eu sinto.

— Mas vai entender — responde, incansável. — Juro por Deus que vai.

Um nó se forma na minha garganta enquanto a brisa do mar bagunça meu cabelo. Inspiro profundamente, enchendo os pulmões com o ar puro.

— Você em algum momento me amou? — pergunto enquanto as palavras me afogam, porque, independentemente de tudo, essa informação é a mais importante para mim agora.

A dor se espalha pelo rosto de Dare, uma dor verdadeira, e eu me preparo.

Não.

Não.

Não.

Não me machuque.

— É claro que amei — ele responde, rápida e firmemente. — E ainda amo. Até agora.

Ele me lança um olhar de súplica, e como eu quero acreditar nele. Quero ouvir suas palavras, prendê-las ao meu coração e mantê-las ali, em uma gaiola dourada.

Mas então ele volta a falar.

— Você não está segura, Calla. Precisa vir comigo agora. Tem uma coisa de que você precisa saber.

Fico congelada, petrificada pelas minhas circunstâncias. Ir com ele até Whitley? Com uma pessoa que não conheço mais, *com uma pessoa que eu deveria temer?* A confusão me consome, e nada parece de verdade.

Nada além de duas coisas.

Tenho que admitir que sinto o perigo. Ele estala à minha volta, por todos os cantos. Está aqui comigo, só não sei o motivo disso.

Você não está segura, Calla.

E, é claro, Dare. Ele está aqui, ele é de verdade, e eu o amo.

Mas.

Não posso confiar nele.

Não posso confiar em nada.

— Não sei o que fazer — sussurro, afiada. — Quero odiar você, Dare, por ter mentido para mim. Mas não consigo.

Estou confusa demais, e ele é minha âncora.

Dare agarra o meu braço e me puxa para perto, resistindo à minha luta, e aí eu me vejo amolecer.

Porque aqui, cercada pelo seu cheiro e seu calor e sua força... aqui é o meu lugar. Como posso querer negar isso?

— O seu lugar é aqui, Calla, comigo — ele me diz, seus lábios se movimentando contra meu cabelo. — *Você não me odeia, Calla.* Não pode me odiar. Eu não menti para você. Eu tentei contar.

Sua voz está amedrontada, aterrorizada, e toca um ponto suave em mim, um lugar escondido, o lugar onde protejo meu amor por ele. O lugar onde meu coração estava antes de ser partido.

— Você é meu anticristo pessoal — sussurro contra sua camisa. Suas mãos acariciam freneticamente meu cabelo, descendo pelas minhas costas e me puxando para junto dele. — Por que você não pode simplesmente me contar tudo agora mesmo?

— Porque eu não posso — responde. — Porque as coisas são complicadas, e, se você não as descobrir sozinha, vai achar que sou um monstro. Eu te amo, Calla. E vou te proteger. Você precisa confiar em mim.

Agora me repuxo para longe dele, reunindo minha força e minha coragem.

— *Confiar em você?* Isso só pode ser brincadeira.

Ele fica surpreso e eu me sinto despedaçada enquanto corro pela praia, meus pés afundando na areia molhada, o vento chicoteando meu cabelo.

Eu amo Dare, mais do que tudo, mas não posso confiar ele. A única pessoa em quem consegui confiar está morta.

Preciso do meu irmão.

Preciso de Finn.

Corro trilha acima, entro em casa e no quarto de meu irmão.

Que continua exatamente como ele o deixou.

Fecho a porta e solto o corpo, deixando-o cair até o chão.

As paredes parecem se aproximar, todas as quatro e também o teto, chegando mais perto, me engolindo, me esmagando. Cubro os ouvidos e embalo o corpo para a frente e para trás porque, em meio a tudo, ainda ouço a voz de meu irmão.

Vai ficar tudo bem. Vai ficar tudo bem. Vai ficar tudo bem.

Não posso continuar ouvindo vozes.

Nem mesmo a de Finn.

Não posso.

Não posso.

Eu sou lúcida, caramba.

Estou sobrecarregada pelas mentiras de Dare, pelo meu medo... e pelo fato de estar tão, tão fragilizada.

— A percepção que ela tem da realidade é tênue.

O murmúrio invade meu pânico.

Fico paralisada, nem sequer respiro. O sussurro vem do outro lado da porta.

— Não. Não quero fazer isso. Ainda não. — A voz é chiada, firme, e não pode ser real. Simplesmente não pode. Estou congelada enquanto ela me envolve, enquanto a realidade se esvai ainda mais.

— Mas temos que fazer. Ela não quer isso.

Confusa, olho para a superfície de madeira da porta, para a textura.

Isso está mesmo acontecendo?

Ou minha mente está pregando peças em mim outra vez?

Engulo em seco e inspiro uma lufada trêmula.

— Qualquer coisa pode empurrá-la de volta ao limite — a voz conhecida alerta, cuidadosa e grave.

Não pode ser ele. Simplesmente não pode.

Mesmo assim, quero deixar o som me envolver, quero me esconder nele, escapar para dentro dele.

Mas não consigo.

Porque a resposta é imediata.

— É por isso que nós temos que ter cuidado ao lidar com ela.

Ter cuidado ao lidar comigo?

A porta se abre e eu ergo o olhar para encontrar três sombras pairando sobre mim.

Meu pai.

Dare.

E alguém que não consigo ver, uma figura sem rosto e sem nome espreitando nas sombras. Olho mais de perto, tentando saber se é ele, mesmo que, em meu coração, eu saiba que não pode ser Finn.

É impossível.

Então empurro o corpo para trás até minha coluna encostar na cama de meu irmão. Sou como um cervo arisco, e eles, meus caçadores. Sou uma presa porque estou em perigo, mesmo sem saber por quê.

Mas eles sabem.

— Calla — meu pai chama gentilmente, tranquilamente. — Está tudo bem. *Está tudo bem com você.* Mas eu preciso que você confie em mim agora.

Seu rosto está pálido e solene. Olho para Dare e percebo que ele está com os punhos cerrados, os nós dos dedos esbranquiçados. O ar neste cômodo agora está carregado, perigoso, e percebo que mal consigo respirar.

Eu me preparo.

Porque, no fundo, sinto que não posso confiar em ninguém.

Fecho os olhos bem apertado e afundo o rosto no cobertor de Finn. Sinto as palavras penetrarem o tecido abafado. Sinto a mão de Dare no meu ombro. Sinto a vibração de sua voz profunda no meu peito.

E depois sinto sua ausência.

Abro os olhos.

O quarto está vazio.

Eles desistiram.

Seja lá o que quisessem me dizer, agora estou segura.

Porque estou sozinha.

Com movimentos trêmulos, eu me coloco em pé e vou até o criado-mudo de Finn. Pego sua medalha de São Miguel e a fecho no meu pescoço.

Segurando o pingente circular nos meus dedos, sussurro uma oração, com as palavras passando rápidas e secas pelos meus lábios.

São Miguel Arcanjo, defendei-nos no combate. Sede nossa defesa contra os embustes e ciladas do demônio. Que Deus o censure, pedimos humildemente, e que vós, príncipe da milícia celeste, pela força divina, precipitai no inferno o Satanás e os outros espíritos malignos que andam pelo mundo para perder as almas. Amém.

Faço a oração três vezes, só para garantir.

Estou protegida.

Estou protegida.

Estou protegida.

Agora estou segura. Estou usando a medalha de Finn. Estou segura.

Começo a inspirar aliviada quando a porta se abre outra vez e novamente me vejo diante de minha insanidade.

Meus olhos assustados piscam enquanto se voltam para cima, encontrando o impossível.

Finn.

Meu irmão morto.

Parado na porta de seu quarto.

2

— Você está bem — Finn se apressa em dizer, com lábios que supostamente estão mortos, seu olhar preso ao meu.

Ele vê meu pânico, vê meu terror. Porque é quem melhor me conhece.

Atravessa o quarto rapidamente e se ajoelha ao meu lado, as mãos frias segurando as minhas.

São Miguel Arcanjo, defendei-nos no combate.

Não pode ser ele. Mas, sim, enquanto olho para os dedos esbranquiçados de Finn e a marca na articulação de seu dedo médio, sei que é ele. Só pode ser. Conheço essa mancha, conheço essas mãos.

— Finn — consigo sussurrar.

Ele assente. E é caloroso. Confusa, deslizo a mão no seu peito, encontrando o que preciso encontrar. Um coração bate na minha palma, forte e real contra a caixa torácica.

Tu-tum.

Tu-tum.

Tu-tum.

Não.

Não pode ser.

— Mas é — ele assente outra vez, e percebo que falei em voz alta.

Sede nossa defesa contra os embustes e ciladas do demônio.

— Eu estou louca? — pergunto, com a voz fraca, depois que todos os sentimentos fugiram do meu corpo.

Estou entorpecida. Sou um pedaço de madeira. Sou uma esponja sem sentimentos que absorveu toda essa insanidade por tanto tempo e agora estou louca. É a única resposta plausível.

O braço esguio de Finn passa por trás de mim e envolve meu ombro, e eu relaxo em seu peito, meu ouvido pressionado contra seu coração para ter certeza absoluta.

Tu-tum.

Tu-tum.

Tu-tum.

— Não pode ser.

Minhas palavras são sussurros. As três. Quatro sílabas de impossibilidade.

— Agora você não pode confiar na sua mente, Cal — ele me explica, solene, os olhos azuis tão claros e leves e familiares. — Então, vai ter que confiar em mim.

Eu confio. Ele é o único em quem confio.

E sabe disso.

Mas...

Isso não é a realidade. A realidade é um carro vermelho e amassado e uma lápide branca. *Boa noite, meu doce Finn.*

E havia libélulas e a luz do sol naquele dia. Um cemitério e lágrimas.

Que Deus o censure, pedimos humildemente, e que vós, príncipe da milícia celeste, pela força divina, precipitai no inferno o Satanás.

— Como pode ser? — pergunto, trêmula, com medo de confiar, com medo de ter esperança.

Finn desvia o olhar, suas mãos ainda segurando as minhas.

E os outros espíritos malignos que andam pelo mundo para perder as almas. Amém.

— Porque é — ele responde, com firmeza. — Não posso te contar. Você precisa descobrir. Mas você vai conseguir, Cal. Vai, sim.

Ah, Deus, voltamos a isso. Voltamos a essa coisa de "Não posso contar porque vai acabar com você".

Meu peito se esvazia.

Minha respiração sai apressada.

Não posso fazer isso outra vez.

Isso não.

É demais.

Finn vê minha expressão e me segura quando caio contra ele, vacilante e desanimada. *Ele sempre me segura.*

— Sua mente é incrível — ele me garante. — É uma dádiva, e não uma maldição.

Ele me conhece tão bem. Sabia o que eu estava pensando.

— Você é de verdade? — pergunto, em um sussurro, enquanto meus olhos se fecham.

Ele sorri.

É a última coisa que vejo.

Vem a escuridão, feliz e abençoada.

Obrigada, São Miguel.

Quando acordo, está escuro. O cômodo está lúgubre, mas muito rapidamente percebo que não estou mais no quarto de Finn. Estou em uma cama diferente, usando pijama, com tecidos limpos em volta da mão.

Olho para o teto, para as paredes, para a escuridão, depois encaro a criatura sentada ao lado de minha cama, escondida na escuridão.

— Finn? — chamo baixinho, esperando encontrar meu irmão.

Mas não espero a voz que responde.

— Calla Copo-de-Leite.

Dare.

É claro. Finn não pode estar aqui porque Finn está morto.

Engulo em seco enquanto Dare inclina o corpo para a frente, enquanto seu maxilar quadrado se posiciona contra a luz da lua e seus olhos brilham.

— Você é de verdade? — sussurro.

Ele sorri, aquele seu sorriso de desafio.

— Eu estou aqui, não estou? — responde, discretamente.

— Isso não quer dizer nada neste momento. — Minha voz sai fraquinha. — Não aguento mais, Dare. Não estou entendendo nada.

— Eu falhei com você. — Dare se levanta e ajoelha ao meu lado, o rosto sincero, sombrio e atormentado. — Eu falhei com você. Mas vou corrigir o que eu fiz.

— Como? — murmuro, mas acho que prefiro não saber. — Como assim, falhou comigo? O que você fez?

Não posso.

Não posso saber.

Não posso saber ou isso vai acabar me matando. Minha mente é uma passagem oca, na qual o vento separa todas as peças. Quero recolher essas peças, mas não consigo.

As mãos do Dare prendem as minhas.

Seus dedos estão trêmulos, e de repente sei o que tenho que fazer.

Tenho que ficar longe do homem que amo.

Tenho que fazer isso.

Tenho que fazer isso.

Tenho que fazer isso.

Porque, se não for assim, não vou conseguir suportar.

Minha mente é um elástico que vai estourar.

— Eu fiz uma coisa terrível — ele confessa, cada palavra em destaque. — Não espero o seu perdão. Mas preciso consertar as coisas. E para isso preciso da sua ajuda. Você tem que me ajudar, Calla. Me ajudar a salvar você.

Me salve e eu vou te salvar.

Certo?

Eu sinto... Eu sinto... Eu sinto.

Sinto uma onda de déjà vu. Uma onda de emoção, de sensações, de coisas que deveria saber, mas não sei.

— O que você fez? — pergunto, com pensamentos fraturados. — Do que eu preciso ser salva? De você? Porque eu acho que não posso ser salva.

— Você está errada — ele insiste, e seus olhos imploram. — Eu posso te salvar.

Nego com a cabeça, e o movimento é doloroso.

— Só tem uma saída — sussurro, e as palavras ferem minha alma. — Você precisa me deixar sozinha, Dare. Precisa se desprender de mim. Não consigo aguentar mais. Não aguento os segredos.

— Você me ama — ele me lembra, seu olhar me cortando em pedaços.

— Eu sei — sussurro, jogando fora esses pedaços. — Mas acho que isso não é suficiente agora. Eu vou explodir, Dare. Eu vou explodir.

Puxo os joelhos junto ao peito e desvio o olhar, inspirando tremulamente.

— Eu sei que parece loucura — admito. — Eu sei. Mas não posso controlar os meus sentimentos. Preciso me proteger de você. Disso eu sei. Meu coração está me dizendo para ter medo de você.

E está mesmo. Ele me diz que existe um motivo.

Eu o sinto nos meus ossos, nos meus ossos ocos.

Dare fecha os olhos e minutos se passam antes de abri-los outra vez. Quando isso enfim acontece, aqueles olhos se mostram tão vazios, tão perdidos.

— Tudo bem — ele diz, direto. — Proteja-se de mim. Droga, eu vou proteger você de mim. Mas venha comigo a Whitley. E lá você vai encontrar as respostas. Você pode ter o seu espaço, paz e silêncio, e vai se recuperar, Cal.

— As respostas estão em Whitley?

Olho para Dare, para o corpo que amo, os olhos nos quais posso me perder, o coração que me manteve de pé... e que esconde tantos segredos.

Ele assente, e é como se aquele movimento fosse doloroso para ele. Dare não quer ir a Whitley, mas está disposto a ir por mim.

— O seu pai quer que você vá — acrescenta. — Pode fazer isso por mim?

Posso?

Uma sensação avassaladora de presságio me invade, quase me deixando de joelhos. Não sei. Só sei que... se eu não encontrar as respostas, posso perder a sanidade.

As respostas estão em Whitley.

Expiro e me dou conta de que estava segurando a respiração.

— Está bem. Eu vou.

Pelas respostas e pelo meu pai. Porque ele já enfrentou o suficiente. Não precisa me ver desabar.

Os olhos lindos de Dare se fecham.

— Eu te amo, Calla.

A dor se espalha por mim, a ponto de se tornar uma dor física, a ponto de fazer meu coração dolorido parar.

— Eu sei.

Mas acho que isso não é suficiente.

Não digo o que estou pensando.

Porque ele já sabe. Posso ver em seu rosto atormentado.

Sinto uma vontade arrebatadora de estender a mão e tocar esse rosto, acalmá-lo, abraçá-lo.

Mas não posso.

Há algo a temer aqui.

E, até eu descobrir o que é, preciso me distanciar.

Só assim vou conseguir sobreviver.

3

A viagem de avião é longa, mesmo estando na primeira classe.

Uma comissária de bordo presta atenção especial em mim e me traz cobertores e bebidas geladas. Durante todo o voo, fico incomodada com Dare.

Porque eu o amo.

Porque agora ele é um estranho para mim.

Sentado a meu lado, na grande poltrona de couro, ele tenta começar uma conversa, tenta me tirar de minha bolha, mas recuso todos os esforços.

É muito doloroso, extremamente difícil, mas preciso conseguir.

Preciso, até saber o que ele está escondendo.

Dare sente dor, disso eu sei. Porque minhas ações são dolorosas. São dolorosas para nós dois. Mas há algo gigante e sombrio e assustador pairando sobre minha cabeça, e não posso deixar essa coisa recair sobre nós.

Tudo depende de mim. Eu sei que isso é verdade.

Mas o que é *tudo?* É o que eu não sei.

A comissária impecavelmente arrumada inclina o corpo na minha direção.

— Em poucos minutos vamos pousar no Heathrow. A senhora precisa de alguma coisa?

Da minha sanidade, por favor.

Nego com a cabeça e ela vai embora, e não demora muito para estarmos andando no movimentado aeroporto. A mão de Dare está no meu cotovelo, e, embora eu não queira, afasto-a.

Sua boca está apertada, e ele a inclina contra meu ouvido.

— Você não está segura, Calla. Goste ou não, precisa ficar comigo agora.

Estou estupefata. Ele segura meu cotovelo e eu o deixo segurar.

Não estou segura.

Eu me sinto no meio de uma bruma enquanto nos aproximamos de um homem alto usando um uniforme preto de chofer, que nos aguarda no final do corredor. Tem cabelo grisalho e nariz bulboso, o rosto é fino e severo, mas percebo um lampejo caloroso quando me vê. Todavia, o homem olha para Dare e seu rosto esfria.

Senhor DuBray — assente enquanto nos aproximamos, e, por um segundo, acho que ele nos confundiu com outras pessoas.

Mas Dare responde:

— Espero que o carro esteja por perto, Jones. Nós estamos exaustos.

A boca do homem fica apertada.

— Está logo na saída, senhor.

E, de certa forma, sinto que ele se ressente da presença de Dare. Mesmo assim, pega nossa bagagem e nós o seguimos até o lado de fora do prédio, onde uma limusine preta e polida aguarda. É longa e brilhante, e eu nunca estive dentro de uma limusine antes. Fico impressionada.

De que tipo de família eu sou?

Até hoje fiz parte de uma família de classe média, cujo pai é agente funerário. Vivemos em uma casa funerária, e Finn e eu fomos motivo de um milhão de piadas no colégio. Vivemos cercados pela morte, isolados no topo de uma montanha, como *loucos*.

Mas aqui... *aqui*... acho que pode ser diferente.

Talvez.

— Você deve ser Calla — Jones diz enquanto segura minha bagagem.

Confirmo com a cabeça.

— Sim.

— É igualzinha à sua mãe — ele comenta, e, por um segundo, percebo o calor em seus olhos. Engulo em seco porque sinto saudade dela, porque faria qualquer coisa para tê-la comigo agora. — Bem-vinda à Inglaterra.

— Obrigada — murmuro enquanto ele abre a porta para mim, antes de colocar a bagagem no porta-malas.

Quando o carro entra em movimento, fecho os olhos e pressiono a testa na janela, tentando forçar tudo a sumir.

Não estou sozinha.

Não perdi minha mãe e meu irmão.

Não tenho que desistir do homem que amo.

É difícil se livrar de tudo isso.

Mas eu sei, com base em minhas experiências, que não vai funcionar. Com base nas milhões de vezes que tentei no colégio, que tentei me esconder das zombarias e provocações.

Não funcionou naquela época e não funciona agora.

Ainda estou aqui na Inglaterra, ainda estou sozinha, não estou segura contra *aquela coisa*, apesar de não saber o que ela é. O homem que amo está ao meu lado, mas pode ser que esteja a quilômetros de distância... porque não posso mais confiar nele. Porque minha mente está fragilizada e até eu sei disso.

Então, como não posso fazer tudo desaparecer, me concentro nos pontos positivos.

Estou a caminho de um lugar silencioso, longe da tristeza. Vou conseguir me concentrar, me refazer, encontrar respostas.

Estou saindo do aeroporto de forma luxuosa. Me concentro nisso.

Se Finn estivesse aqui, ficaria chocado com o brilho deste carro, com a garrafa de água refinada colocada sobre o gelo para nós, com as toalhas enroladas e à disposição. Nunca antes fomos mimados assim, e, com um nó na garganta, concluo que não é justo Finn não estar aqui.

Porque ele nunca vai ser mimado assim.

Se Finn não pode usar essas coisas, eu também não vou usá-las.

Resisto à água e às toalhas e às balinhas de chocolate. Não vou aceitar nada disso.

Abro os olhos e observo pela janela enquanto o alvoroço da cidade abre espaço para o silêncio do interior.

— Faça o caminho bonito, Jones — Dare grita para o motorista.

Jones não responde, mas desvia de sua rota. E não demoro a ver lampejos do oceano aqui e ali, entre as árvores e as rochas.

— A gente mora um pouquinho distante de Hastings. Fica perto de Sussex — Dare explica, como se eu soubesse alguma coisa sobre a geografia da Inglaterra.

Concordo com a cabeça, porque muito do que dizemos agora é fingimento. Fazemos as coisas automaticamente.

Meia hora depois, o carro segue pela estrada sinuosa, mas enfim vejo um telhado ao longe, com cúspides e torres sobressaindo às árvores.

Dare se mexe, abre os olhos e eu sei que estamos chegando.

Estico o pescoço para enxergar. Quando vejo, me pego mais impressionada do que minhas palavras poderiam descrever, o suficiente para que a respiração fique presa nos meus lábios.

Esta não pode ser a casa da minha família.

É enorme, é luxuosa, é assustadora.

É antiga, é de pedra, é linda.

Uma muralha alta de pedra se estica nas duas direções até onde a vista alcança, envolvendo a propriedade como um cobertor onipresente de segurança. É alta e pesada, e por um breve momento eu me pergunto se seu objetivo é manter as pessoas fora... ou mantê-las ali dentro.

É uma ideia boba, eu sei.

Quando saímos da estrada, enormes portões de ferro forjado se abrem em frente ao carro, como se em um passe de mágica, como se fossem empurrados por mãos invisíveis. Lufadas de bruma e neblina giram pelo chão e em meio aos galhos das árvores, escondendo parcialmente o que há atrás dos portões.

Embora o chão seja luxuriante e verde, há algo pesado aqui, uma coisa sombria. Está além da chuva constante, além das nuvens.

É algo que não consigo apontar.

Sou tomada por um terror estranho quando o carro passa pelos portões, enquanto continuamos a caminho da coisa escondida. E, embora a "coisa escondida" seja apenas uma casa, parece muito mais, parece algo agourento, quase ameaçador.

Vejo relances entre os arbustos enquanto passamos de carro, e cada lampejo me deixa paralisada.

Um telhado íngreme, em forma de gablete.

Colunas e torres e musgo.

A chuva respinga das árvores, sobre o carro, na estrada, e tudo reflete uma luz abafada.

Aqui é molhado e cinza, e a palavra em que não paro de pensar é *gótico*.

Gótico.

Mesmo com toda a beleza e extravagância, este lugar parece um pouco aterrorizante.

Conto meus batimentos enquanto nos aproximamos da casa, e já contei até quinze quando a limusine finalmente para em uma entrada de garagem gigante, circular, feita de paralelepípedos.

A casa à nossa frente é feita de pedra e se espalha até onde consigo enxergar. As janelas são escuras, de todos os tamanhos, de todas as formas.

O gramado enorme e perfeitamente aparado, uma mansão gigantesca, jardins ostentosos. Nuvens escuras se arrastam atrás da casa massiva, e uma coisa está clara. Ameaçadora ou não, esta propriedade é, no mínimo, luxuosa.

— Minha família é rica? — pergunto, perplexa.

Dare me encara.

— Não da forma que importa.

Ele faz uma pausa, e é como se houvesse uma corda entre nós, nos puxando um para perto do outro, mas, ao mesmo tempo, nos mantendo separados.

— Calla, não baixe a guarda — ele diz, rapidamente. — Este lugar... não é o que parece. Você precisa...

Jones abre a porta e Dare para de falar abruptamente.

Eu preciso o quê?

— Bem-vinda a Whitley — Jones me diz, com uma leve reverência.

Dare e eu deixamos o carro, e de repente me pego nervosa.

Estou em um país estrangeiro, me preparando para conhecer uma família composta de estranhos sobre os quais nada sei.

É assustador.

Dare aperta minha mão brevemente, e eu o deixo fazer isso. Porque aqui estou sozinha.

Aqui, ele é o único que me conhece.

Jones nos guia levando as malas, e, antes de chegarmos à porta principal, ela se abre e uma mulher pequena e enrugada fica parada na passagem. Tem o corpo ligeiramente inclinado, é minúscula, com a pele morena e o cabelo completamente coberto por um lenço colorido. Parece ter cem anos.

— Sabine! — Dare cumprimenta a mulher com um abraço caloroso.

O bracinho dela o envolve e sua cabeça mal alcança o peito dele.

— Bem-vindo, rapaz — ela diz, com a voz grave. — Senti saudade.

Dare se afasta dela e olha para mim, e posso perceber em seu rosto que Sabine é importante. Pelo menos para ele.

— Esta é Sabine. Ela foi minha babá quando eu era criança. E também foi a babá da sua mãe. Sabine, esta é Calla Price.

Sabine me encara curiosa, entristecida.

— Você é uma cópia perfeita da sua mãe — ela comenta.

— Eu sei — respondo, e meu coração se contorce porque minha mãe não está mais aqui. — É um prazer conhecê-la.

Estendo o braço e ela agarra minha mão em vez de apertá-la. Cambaleando, examina minha mão, o rosto a poucos centímetros da palma. E me aperta com força, sem querer que eu me distancie, e sinto meu pulso batendo forte contra seus dedos.

Assustada, espero.

Não sei o que mais fazer.

A mulher é surpreendentemente forte, seu toque me mantém parada enquanto ela busca alguma coisa em minha mão. Desliza os dedos pelas veias e curvas, sua respiração batendo aquecida contra minha pele. Seu rosto está tão próximo da minha palma que posso sentir toda vez que ela exala.

Se Finn estivesse aqui, estaria morrendo de rir.

Mas ele não está, então não há ninguém com quem dividir esta situação, porque, embora ele deseje não ser verdade, Dare combina com este lugar. Dare é um deles; eu não sou.

Sabine solta minha mão abruptamente e ajeita o corpo.

Seus olhos encontram os meus, e posso enxergar mil vidas em suas íris. São olhos escuros como obsidianas, e, diferentemente dos da maioria dos idosos, os dela não são turvados pela idade. Ela me encara, e sinto que está literalmente vendo meus pensamentos e olhando para minha alma.

É desconfortante, e um arrepio percorre minha coluna, me deixando no limite.

Ela encara Dare, que assente muito levemente.

Se eu não soubesse de nada, poderia pensar que ele chegou a estremecer.

O que está acontecendo?

Porém, não tenho tempo para pensar, pois Sabine começa a andar e a nos levar pela casa.

— Venha. Eleanor está esperando — ela nos diz solenemente por sobre o ombro enquanto usa boa parte de sua força para abrir as pesadas portas.

Dare suspira.

— Acho que é melhor lavarmos o rosto antes. Foi um longo voo, Sabby.

A babá parece compreender, mas se mostra inflexível.

— Sinto muito, Dare. Ela insistiu em ver vocês dois.

Dare suspira outra vez, mas, obedientemente, seguimos Sabine pelos corredores refinados. Passamos pelo chão de mármore e pelos tapetes opulentos, pelos corredores cobertos de mogno e cortinas extravagantes, por lustres de cristal. Meus olhos ficam arregalados enquanto absorvemos tudo. Nunca vi uma casa assim em toda a minha vida, nem mesmo na TV.

Mas, embora seja opulenta, também é silenciosa.

É letárgica.

É como viver em um mausoléu.

Paramos diante de portas enormes de madeira esculpidas. Sabine bate duas vezes e uma voz feminina grita lá dentro:

— Entre.

Assustadoramente formal.

Sabine abre as portas e no mesmo instante nos vemos cercados por um escritório incrivelmente enorme, pintado com cores vivas e pátina, contornado com prateleiras de madeira repletas de centenas e centenas de livros encadernados em couro.

Uma mulher está sentada à pesada mesa de cerejeira, olhando para nós, de costas para as janelas.

Seu rosto é severo, e o cabelo, indistinto, mas posso perceber que já foi vermelho. Está preso em um coque firme, sem um fio sequer fora do lugar. Seu suéter de casimira está totalmente abotoado, decorado com um único colar de pérolas. Sem adornos, suas mãos estão cruzadas à sua frente, e ela está esperando.

Esperando por nós.

Há quanto tempo está esperando? Meses? Anos?

Por algum motivo que não consigo explicar, eu me sinto sufocada. O cômodo parece se fechar contra mim, e eu fico congelada. Dare precisa literalmente me puxar, depois me puxar com mais força, simplesmente para fazer com que eu me movimente.

Sinto que não consigo respirar, sinto que, se me aproximar dela, alguma coisa ruim vai acontecer.

Uma coisa terrível.

É um pensamento ridículo, e Dare me olha de canto de olho.

Paramos na frente da mesa.

— Eleanor — ele diz, com uma voz dura.

Não há amor nenhum perdido aqui. Posso perceber. Posso sentir. Sinto no ar, na formalidade, no frio.

— Adair — a mulher assente.

Não há abraços nem sorrisos. Apesar de um ano já ter se passado desde a última vez que ela o viu, a mulher nem sequer se levanta.

— Esta é a sua avó, Eleanor Savage — Dare me diz, e suas palavras são muito cuidadosas e calmas.

Eleanor me encara, seu olhar me examinando da cabeça aos pés. Minhas bochechas esquentam por causa disso.

— Você deve ser Calla.

Confirmo com a cabeça.

— Pode me chamar de Eleanor — ela continua, olhando para a porta. — Espere do lado de fora, Sabine.

Sem dizer nada, Sabine se afasta e fecha a porta. Eleanor volta sua atenção a nós dois.

— Sinto muito por sua perda — ela diz, duramente, com uma voz que não transmite qualquer sinal de emoção, condolência ou tristeza, embora seja sua filha quem tenha morrido.

Ela não conhecia Finn, então posso entender que não sinta por ele, mas pela própria filha?

Ela olha outra vez para mim.

— Enquanto você estiver aqui, Whitley será sua casa. Você não tem autorização para entrar em cômodos que não lhe digam respeito. Pode frequentar as áreas comuns e os estábulos. Não deve se misturar a pessoas repugnantes e pode usar o carro. Jones vai levá-la aonde você precisar ir. Pode se instalar, se acostumar à vida no interior, e em breve vamos conversar sobre a sua herança. Como já completou dezoito anos, você tem responsabilidades com esta família.

Ela faz uma pausa antes de olhar para mim.

— Você sofreu uma perda, mas a vida continua. Você também vai aprender a continuar.

Ela desvia o olhar de nós, direcionando a atenção ao papel sobre sua mesa.

— Sabine! — grita, sem erguer o olhar.

Parece que já fomos dispensados.

Sabine entra outra vez e Dare e eu rapidamente a seguimos, aproveitando a chance de deixar para trás essa mulher desagradável.

— Bem, ela é um amor de pessoa — murmuro.

Os lábios de Dare tremulam.

— Não é minha pessoa preferida.

Eufemismo.

Dividimos esse momento, esse momento saboroso, mas eu logo o deixo para trás.

Não posso.

Não posso.

Sabine para em frente a portas duplas de madeira.

— Esta era a suíte da sua mãe — ela me conta. — Agora é sua. O quarto do Dare fica do outro lado da casa. — Depois de dizer isso, ela aguarda, como se na expectativa de que eu reaja. Como não faço nada, Sabine prossegue: — O jantar será servido às sete horas na sala de refeições. Esteja pronta. Agora, descanse.

Ela se vira e vai embora, percorrendo o corredor com seus pezinhos pequenos.

Dare me encara, alto e esguio.

— Quer que eu fique com você?

Minha resposta é dura e imediata:

— Não. — Ele fica impressionado e se afasta um pouco, me encarando. Então acrescento: — Eu só... Eu preciso ficar sozinha.

Ainda não sou forte o suficiente para resistir a você.

A decepção ilumina seus olhos, mas, para seu crédito, ele não me pressiona. Em vez disso, engole sua dor e assente.

— Tudo bem. Estou morto de cansaço, então vou cochilar um pouco antes do jantar. Sugiro que você faça a mesma coisa. Deve estar exausta.

Concordo com a cabeça porque ele está certo. Estou extremamente cansada. Dare vai embora e eu fico sozinha no corredor longo e silencioso.

Dou um passo em direção ao quarto, depois mais um, mas, nem mesmo se minha vida dependesse disso, não consigo virar a maçaneta. Alguma coisa se espalha à minha volta. Temor, eu acho. E não consigo virar a maçaneta.

A expressão no rosto de Eleanor ressurge em minha mente, a maneira como ela me examinava, e não consigo respirar. Alguma coisa me esmaga, aquela coisa sombria que senti na entrada da casa. Essa coisa ruim parece estar aqui, me empurrando, me atingindo.

Sei que não faz o menor sentido.

Alguma coisa me empurra.

E me empurra bem na direção dos antigos aposentos de minha mãe.

E ali eu fico, cercada por suas lembranças.

4

Os aposentos de minha mãe são tão refinados quanto o restante da casa. Aqui não há pôsteres infantis dependurados nas paredes, nem sinal de galãs adolescentes ou telefones cor-de-rosa ou almofadas felpudas.

A suíte é cuidadosamente decorada com mobília off-white e paredes verde-claras. A cama é enorme, coberta com colchas pesadas, tudo verde-claro, tudo relaxante.

Não é o quarto de uma criança, de uma adolescente, nem mesmo de uma mulher jovem.

Falta aquela energia da juventude.

Mesmo assim, eu a sinto aqui.

De algum jeito.

Afundando na cama, percebo que estou cercada por janelas.

Elas se espalham por toda uma parede, se estendendo desde o chão até o teto. E deixam entrar a luz fraca do fim da tarde, me fazendo sentir exposta. Eu me levanto e fecho as cortinas.

Agora me sinto um pouco mais segura, mas não muito.

Minhas malas estão empilhadas perto da porta, então começo a desfazê-las. Puxo meus suéteres, ajeito meus itens de higiene no banheiro chique e, enquanto estou diante dos ladrilhos de mármore, visualizo minha mãe aqui.

Ela adorava um banho longo, e essa banheira parece adequada para uma rainha.

Eu a imagino imersa nesta banheira, lendo um bom livro, e meus olhos se enchem de lágrimas.

Ela se foi.

Sei disso.

Abro as portas do armário e, por um momento, um momento muito breve, juro ter sentido seu perfume.

Ela usava o mesmo perfume desde que a conheci.

Há prateleiras neste armário, em uma delas vejo um frasco de Chanel.

O perfume dela.

Eu o pego, inalo a essência, e ela traz uma tempestade de lembranças. De minha mãe rindo, assando cookies, sorrindo para mim por sobre seu livro.

Com os olhos ardendo, coloco o frasco de perfume de volta na prateleira.

Isso não está ajudando em nada.

Penduro minhas camisas e suéteres.

Alguém bate à porta e Sabine entra com uma bandeja. Um bule de chá e uma xícara.

— Trouxe um pouco de chá para você — ela fala baixinho, colocando a bandeja sobre a mesa. — Vai animá-la um pouco. Viajar pode ser uma tarefa pesada.

Desperdiçar a vida inteira deve ser uma tarefa pesada.

Mas é claro que não digo isso.

Apenas sorrio e agradeço.

Ela coloca um pouco de chá na xícara e a passa para mim.

— Isso vai ajudar você a descansar. É calmante.

Tomo um gole e Sabine dá meia-volta, observando minhas malas vazias.

— Vejo que já arrumou suas coisas. Estes aposentos não mudaram desde que a sua mãe se foi.

Seguro a xícara na altura do colo, aquecendo os dedos, porque o frio do anoitecer inglês os deixou gelados.

— *Por que* a minha mãe foi embora? — pergunto, afinal ela nunca contou.

Ela nunca disse *nada* sobre a casa onde passou a infância.

Sabine fica parada e, quando olha para mim, está outra vez analisando minha alma, cutucando-a com dedos enrugados.

— Ela se foi porque precisou ir — Sabine simplesmente declara. — Whitley não conseguiu contê-la.

É uma resposta que não é exatamente uma resposta.

Eu não deveria esperar nada diferente.

Sabine se senta ao meu lado, dando tapinhas na minha perna.

— Vou engordá-la um pouquinho aqui — me diz. — Você está magrinha demais, como a sua mãe. Você vai descansar e aí... vai ver as coisas como elas são.

— E como elas são? — pergunto, cansada, e de repente me pego muito, muito exausta.

Sabine me olha no rosto e ri.

— Filha, você precisa descansar. Está desmaiando diante dos meus olhos. Venha. Deite aqui.

Ela me ajeita na cama, puxando um cobertor até meu queixo.

— O jantar é às sete horas — ela me lembra antes de sair. — Durma até lá.

Eu tento.

Eu tento, de verdade.

Fecho os olhos.

Relaxo os braços e as pernas e os músculos.

Mas o sono não vem.

Por fim, desisto, abro as cortinas e olho lá fora.

O anoitecer está quieto; o céu, escuro. *Aqui escurece tão cedo.*

As árvores farfalham com a brisa e o vento é úmido. É frio. É gelado. Posso senti-lo, mesmo estando do outro lado das janelas, então esfrego as mãos nos braços.

E começo a sentir arrepios.

Que erguem os pelos em meu pescoço.

E as estrelas parecem zombar de mim.

Viro as costas para elas, atravesso o quarto e pego um livro em uma prateleira.

Jane Eyre.

Adequado, considerando Whitley, o pântano e a chuva.

Abro a capa e encontro algo escrito a caneta.

A Laura. Que você sempre tenha o espírito de Charlotte Brontë e a coragem de seguir seus sonhos. Seu pai.

A tinta está desbotada e eu deslizo a ponta do dedo sobre ela.

A mensagem não tem ternura, mas diz muito.

Meu avô apoiava o desejo de minha mãe de ser independente, mas duvido de que Eleanor compartilhasse desse mesmo sentimento.

Eu me sento com o livro, abro as páginas, meus olhos tentam devorar as palavras que minha mãe leu no passado.

Mas só consigo chegar à parte na qual Jane afirma detestar longas caminhadas em tardes frias. Então ouço alguma coisa.

Sinto alguma coisa.

Sinto um rosnado nos ossos.

É grave e ameaçador e faz minhas costelas vibrarem.

Fico em pé com um salto, olhando em volta, mas, é claro, ainda estou sozinha.

Mesmo assim, o rosnado surge outra vez, grave e longo.

Minha respiração se torna dificultosa e o livro cai no chão, com as páginas viradas para o tapete.

Um pânico repentino me invade, rápido e quente.

Preciso sair daqui.

Não sei por quê.

É uma sensação no meu coração, alguma coisa que me leva para fora do quarto de minha mãe, até o corredor, porque alguma coisa está me perseguindo.

Eu a sinto atrás de mim.

Eu a sinto respirando no meu pescoço.

Sem olhar para trás, me apresso pelo corredor, atravessando a casa, até chegar à porta principal.

Preciso respirar.

Preciso respirar.

Preciso respirar.

Absorvendo o ar, ando sem destino pela casa, passando pelos paralelepípedos, descendo por uma via. Respiro ainda mais fundo, tentando forçar minhas mãos a parar de tremer, tentando me recompor, tentando me assegurar de que estou sendo tola.

Não há motivos para ter medo.

Estou sendo ridícula.

Esta casa pode ser desconhecida, estranha, mas ainda assim é uma casa. Só não é a *minha* casa. Tudo bem. Vou me acostumar com isso.

Olho para trás e não há nada ali.

Nada de rosnado, nem sinal de vibração nas minhas costelas, nada além do crepúsculo e das estrelas desesperadas por sair de trás das nuvens.

A casa paira sobre mim e eu dou a volta na construção, mas apenas para me encontrar diante de uma grande garagem com gabletes nas laterais.

Há pelo menos sete portões na garagem. Todos fechados. Todos, menos um.

Para minha surpresa, alguém sai por ele.

Um garoto.

Um homem.

Sua calça é de um cinza-escuro e ele está usando um blusão com capuz. E se movimenta com elegância. Desliza tranquilamente pelas sombras, como se pertencesse a este lugar, como se Whitley fosse também sua casa, embora eu não saiba quem ele é.

— Oi — grito.

Ele para de se movimentar, fica congelado, mas não vira a cabeça.

Alguma coisa me leva ao limite e eu fico tensa. E se ele não devesse estar aqui?

— Oi — repito desconfortavelmente, sentindo o calafrio percorrer minha espinha, os arrepios se formando outra vez nos meus braços.

Eu me afasto, primeiro um passo, depois outro.

Pisco os olhos.

E ele some.

Olho para o espaço vazio, sacudo a cabeça, pisco os olhos bem apertados.

Ele se foi, mesmo.

Deve ter entrado entre as construções, mas por quê?

Caminho rápido de volta ao meu quarto, nervosa demais para descobrir.

Ainda perturbada, lavo o rosto e, quando termino, passo a cabeça pela porta e dou uma olhada no corredor. Não tem nada aqui.

Suspirando, [illegible] a porta do quarto e sinto o frio do ar úmido inglês. Olhando para o relógio, descubro que ainda são seis e meia. Posso passar alguns minutos descansando e sou grata por isso.

Porque é claro que o jetlag está me fazendo implicar com as coisas.

Fecho os olhos.

Tudo gira.

Estou nas nuvens e abro os braços e giroegiroegiro.

Ninguém pode me tocar aqui.

Aqui não é real, mas lá é.

Lá embaixo é frio e úmido.

Aqui é desconfortável, silencioso e desagradável e austero.

Os olhos são o que há de pior, todos voltados para mim... me observando, esperando alguma coisa. Esperando o quê?

Minha pele formiga e eu a coço até sangrar, porque preferiria não tê-la a perdê-la.

Eles não podem me afetar.

Não vou permitir.

Não os conheço.

E não quero conhecer.

5

O jantar em Whitley é um evento formal e desconfortável.

Eu me senti terrivelmente malvestida com Eleanor sentada à cabeceira da mesa, usando um terninho com saia feito sob medida e o mesmo colar de pérolas. Estou agitada, um claro sinal de que me sinto fora de lugar. Se alguém aqui me conhecesse, logo saberia.

— Me conte sobre a sua educação — Eleanor fala comigo de onde está à mesa.

A mesa é tão longa que me faz sentir que preciso gritar em vez de falar.

Estou explicando sobre a educação pública para ela quando as portas se abrem, nove minutos depois do horário marcado. Eleanor observa com uma desaprovação severa enquanto Dare entra na sala quieta.

Graças a Deus, expiro. É como se eu segurasse a respiração quando Dare não está comigo, um hábito que preciso mudar.

Alto e elegante, ele se senta a meu lado, usando calça e blazer e uma camisa cobalto com a gola aberta. Dare parece tão em casa usando essas roupas formais quanto quando está de jeans, e uma mecha de seu cabelo escuro cai sobre o olho. Ele a joga para trás enquanto se senta.

Cada centímetro do meu ser se sente aliviado por ele estar aqui, e faço o que posso para ignorar esse sentimento.

Ele não é o meu protetor, não mais.

Ele não pode ser.

— Que gentileza da sua parte se unir a nós — Eleanor fala duramente antes de voltar sua atenção outra vez a mim.

É como se ela não quisesse ser incomodada por ele, como se ele fosse um intruso. Mesmo assim, parece claro que Dare pertence a este lugar.

Não consigo evitar dar outra olhadela para ele, e, quando faço isso, pego-o me encarando.

Dare não desvia o olhar, e seus olhos são latentes como o céu da meia-noite.

Engulo em seco e Eleanor percebe.

E raspa a garganta.

— Adair, esta não é a sua cadeira. Você sabe que o seu lugar é do outro lado da mesa.

Impressionada, olho para ela. Deve haver vinte lugares nesta mesa e só três deles estão ocupados. É claro que é indiferente onde ele se senta.

— Vou me sentar aqui esta noite. — Sua resposta é fria.

Meu alívio, incomensurável.

Eleanor não insiste.

— Independentemente de onde você se sentar, o jantar é às sete. *Pontualmente* às sete. Você sabe disso. Se for se atrasar, nem precisa aparecer.

Dare não parece preocupado. Apenas a encara.

— Anotado.

Sua voz é profunda e rouca e fria.

Durante o restante do jantar, o único barulho na sala é a prata encostando na porcelana.

É desconfortável e é silencioso.

Se pelo menos Finn estivesse aqui.

Ele estaria me chutando por debaixo da mesa, virando os olhos, me fazendo rir.

Mas ele não está.

Estou sozinha.

E nunca me senti tão apreensiva.

Exceto quando encontrei o homem estranho mais cedo.

— Tem mais alguém vivendo aqui? — pergunto de supetão, fazendo Eleanor erguer o olhar de sua fruta.

— Perdão? — Ela arqueia uma sobrancelha.

— Mais cedo — explico. — Eu não conseguia descansar, então fui dar uma volta lá fora. Vi um cara usando um blusão com capuz. Ele parecia deslocado.

Dare e Eleanor trocam um olhar.

— Qual era a aparência dele? — Dare pergunta baixinho, seu olhar congelado no meu.

Encolho o ombro.

— Não consegui ver o rosto, ele estava com o capuz. Mas era jovem. Meio magro.

Silêncio.

Dare finalmente raspa a garganta.

— Não tem mais ninguém aqui, Calla. Além de Jones e Sabine, temos um ajudante que cuida dos estábulos, mas ele já é idoso. Tem a equipe de jardinagem, mas eles vêm no começo da manhã, antes de todo mundo se levantar.

— Então quem era? — pergunto, confusa e com um pouco de medo.

Dare me encara.

— Talvez você só tenha *pensado* que viu alguém.

Fico vermelha. Considerando meu histórico recente, não é de espantar que não acreditem em mim. O calor se espalha pelo meu peito e eu luto contra a vontade de me abanar.

— Eu... talvez — enfim concordo.

Estou sofrendo com o jetlag. Estou cansada. Estou sobrecarregada. É bem possível que eu simplesmente não o tenha visto. Afinal, também achei que meu quarto estivesse rosnando.

— Detesto este lugar — murmuro para mim mesma quando finalmente somos liberados.

Dare ouve as palavras e acelera seus longos passos para me alcançar.

— Não é tão ruim assim — diz. — É como você faz ser, contanto que não baixe a guarda.

Olho para Dare e, *Deus, como sinto falta dele.*

Passamos diante de uma janela e a luz da lua banha seu rosto, e eu quero tocar meus dedos nos seus lábios.

Ele vai comigo até meu quarto.

— Fale mais sobre o cara que você viu lá fora — diz suavemente, com os dedos encontrando os meus.

Eles envolvem minha mão, calorosos e familiares, e eu quero fechar os olhos.

— Não — enfim respondo. — Você está certo. Os meus olhos provavelmente estavam me enganando. Eu estava muito cansada.

O olhar de Dare demonstra dúvida. Preocupação.

— Quer que eu fique com você? — pergunta, e seu tom é esperançoso.

Tudo em mim grita para dizer sim, para deixá-lo me abraçar até eu dormir, para absorver sua familiaridade e calor, mas recuso, porque meu coração continua com medo.

E deve haver um motivo para isso.

— Está tudo bem. Você não precisa fazer o papel de minha babá. Eu estou bem, Dare, garanto.

É mentira.

Eu não estou.

Mas ele não tem como me deixar melhor.

Dare inclina a cabeça.

— Dare, eu... Eu preciso de espaço.

— Espaço?

Confirmo com a cabeça.

— Isso. Preciso processar as coisas, absorver tudo... Finn e você, e eu... Eu preciso de espaço.

O silêncio se espalha entre nós, o ar está carregado, e eu ardo por abraçá-lo, por deixá-lo afastar minhas lágrimas, mas não posso. Não posso ser fraca. Alguma coisa grande, maior do que eu, depende disso. Só não sei o que ainda.

Dare enfim assente.

— Tudo bem. Vou dar espaço para você. Se precisar de mim, mande uma mensagem de texto e eu vou estar aqui em dois minutos.

Concordo com a cabeça e ele inclina o corpo, pressionando os lábios na minha testa. Não me esquivo.

Depois que Dare me deixa, entro em meu quarto solitário e me sento em minha cama solitária e inalo o ar solitário.

— Estou com saudade, Finn — arfo em voz alta.

Porque ele sempre me entendia, independentemente do que acontecesse. Nunca tive que explicar, nunca tive que elaborar. As coisas simplesmente não precisavam ser ditas.

É coisa de gêmeos.

Mas agora ele se foi e eu estou sozinha.

Não é uma posição agradável por uma metade sem um todo.

Deslizo o olhar pelo quarto. É enorme e opulento, e a cadeira em frente às janelas acena para mim. Solto o corpo nela, puxo os joelhos para perto do peito, retomo a leitura de *Jane Eyre*.

Lá embaixo, lá fora, os pântanos ingleses se estendem por quilômetros, se derramando pelo perímetro de Whitley. Whitley é tão parecida com Thornfield Hall que Charlotte Brontë poderia ter escrito este livro olhando pela minha janela.

Enquanto observo, a névoa se espalha como um manto pelo chão.

É somente quando desvio o olhar para ler meu livro que vejo o movimento.

Fixo o olhar nos pântanos outra vez.

Focando mais atentamente, aguardo, quase na expectativa de ver o homem misterioso de hoje mais cedo.

Mas é Dare.

Ele segue pelo caminho que vem do jardim, deslizando em meio à noite, seus passos largos e familiares.

E aí ele para.

Ele deve me sentir encarando-o, afinal ergue o olhar.

Vira sua cabeça escura e seu olhar encontra o meu.

É como se lá dos estábulos ele pudesse me ver observando.

Seus olhos são mais negros do que a noite, e ele me encontrou.

Seu olhar é quente, e eu fecho os olhos, minha respiração é rasa.

Quando os abro, ele já se foi.

Mas a sensação estranha, o pensamento excêntrico, continua comigo.

Ele é perigoso.

Não estou segura.

E ele me encontrou.

Que pensamento estranho.

Mas, pensando bem, eu sou uma garota estranha.

Em Whitley, o café da manhã e o almoço são tão formais e cansativos quanto o jantar.

Depois de passar a manhã sentada e desconfortavelmente sozinha, consigo sair sem Sabine perceber. Ela esteve me observando e receio que esteja esperando uma chance de me pegar para me contar mais sobre minha mãe.

Não posso fazer isso.

Ainda não.

Quando saio no ar fresco, inclino a cabeça na direção do sol e respiro fundo.

Deus, como é bom ser livre.

Assustada, percebo que, mesmo estando nervosa por causa deste lugar, tudo isso ainda é uma boa pausa da minha realidade lá em casa.

A vida cotidiana sufocante de uma garota que vive em uma casa funerária.

Na minha cidade, todo mundo sabe o que eu sou. Uma garota triste que perdeu a maior parte da família e ficou louca. Nunca vou conseguir afastar essa realidade, nunca vou ser normal.

Mas aqui estou livre disso.

Por enquanto.

Até eu estar aqui durante tempo suficiente para eles descobrirem tudo.

Suspirando, sigo o caminho de paralelepípedo em direção aos estábulos, com a intenção de explorar a propriedade, de ver tudo o que há para ver.

Meus pés batem forte nas pedras, meus pulmões se expandem enquanto respiro.

Fico assustada quando uma sombra sai da construção.

Meu sobressalto é mais alto do que eu gostaria, e Dare ergue o olhar.

Está usando calça jeans e camisa preta. As peças caem tão bem em seu corpo que parecem ter sido feitas sob medida para ele. Parece que, independentemente do que ele use, está sempre perfeitamente adaptado à roupa.

Ele arqueia a sobrancelha quando para no caminho.

— Está perdida?

Seu tom é cuidadoso, quase confuso. Ele está me dando espaço, tentando não me sufocar, exatamente como eu pedi. Parece hesitante em se abrir para mim agora, porque já o rejeitei.

A sensação é esquisita, é como se ele fosse um estranho. Não gosto disso, mas não posso fazer nada.

Porque tem que ser assim.

Tem que ser, *por enquanto*.

Nervosa, mexo os pés.

— Não, eu só estava dando uma olhada por aqui.

— Quer companhia? — pergunta, pronto para me acompanhar.

Seria tão fácil simplesmente dizer que sim.

Mas... alguma coisa em seus olhos.

Alguma coisa que já vi antes, mas que não consigo lembrar.

O medo invade meu estômago e eu recuso a oferta.

— Não, obrigada — enfim respondo, e Dare fecha os olhos escuros. Agora está se protegendo para que eu não possa feri-lo. — Acho que vou explorar o lugar sozinha. Não quero desperdiçar o seu tempo.

— Você nunca foi um desperdício do meu tempo — ele diz, e seu tom é estranhamente formal.

Dare continua andando, passa por mim e, por um instante, entro em pânico.

Não me deixe sozinha.

— Espere — grito, sem qualquer intenção de fazer isso.

Ele para, mas não olha para trás.

— Sim?

— Você vai participar do jantar esta noite?

Minha pergunta sai arfada e eu me repreendo internamente. *Pare de agir como se estivesse tão ansiosa.* Você está transmitindo sinais confusos. Mas meu coração está perturbado e não há nada que eu possa fazer.

Dare começa a andar outra vez.

— É claro.

Eu o vejo se distanciar, observo a forma como seus ombros largos e o quadril estreito se movimentam.

Ele é tudo para mim, tudo o que eu quis *e posso vir a querer.*

Isso me faz ter vontade de gritar de frustração. Será que há mesmo alguma coisa tão ruim em Dare a ponto de eu ter que me distanciar dele?

Meu coração salta e eu acho que há... Só não sei definir o que é.

Ainda.

Dare desaparece ao descer pela colina em direção à casa e alguns segundos se passam antes de eu me dar conta de que estou sendo observada.

Os pelos em minha nuca ficam enriçados, e sinto arrepios se espalhando pelos braços. Olho em volta, analisando o que me cerca, mas não há ninguém aqui.

Estou sozinha.

Ou não estou?

Parece... Parece... Parece que há alguma coisa parada no limite da casa. Um movimento, ou foi um lampejo cinza? Mas não vejo nada lá, e estou só imaginando coisas.

Por um instante, fico irritada com as sombras e, enquanto o silêncio me envolve, me sinto mais sozinha do que já me senti em toda a minha vida.

A sensação não é nada boa.

Na verdade, é aterrorizante.

São Miguel, me proteja.

Sede minha defesa contra os embustes e ciladas do demônio, porque, de alguma forma, sei que ele está aqui.

Está aqui e eu estou em perigo.

Eu só não sei qual é o perigo.

Mas você sabe.

Me proteja.

Me proteja.

Me proteja.

6

Ouço um sussurro no corredor e visto minha roupa, ansiosa por deixar este quarto para trás. Abro violentamente a porta e encontro Sabine no corredor, conversando com Jones.

Os dois olham para mim, surpresos com minha aparição abrupta.

— Podemos ajudá-la, senhorita Price? — Jones pergunta, em um tom completamente formal e sério.

Ele pertence a este lugar, penso. *A esta casa austera, austera.*

— Não, obrigada — respondo. — Só estou sem sono.

Sabine nota o livro sob meu braço.

— Temos uma biblioteca maravilhosa aqui. Venha comigo e vou lhe mostrar — diz.

Passamos pelos corredores silenciosos, pelos cômodos silenciosos, e sempre, sempre, sempre me sinto observada. Olhos invisíveis me fitam, enxergam meu interior, e eu detesto isso.

Tem alguma coisa aqui.

Alguma coisa.

— Você se sente segura neste lugar? — pergunto abruptamente enquanto ela abre a porta da biblioteca.

Surpresa, ela se vira para mim.

— É claro, senhorita Price — responde, com a voz profunda. — A senhorita não?

— Por favor, me chame de Calla — peço, evitando a pergunta, enquanto ela me guia para dentro do cômodo.

Prateleiras de livros me cercam, forrando a sala, do teto ao chão.

— Vou acender a lareira para espantarmos o frio da manhã — diz, atravessando a sala e se ajoelhando em frente à bela pedra.

Deixo-a para trás assim que posso, para desviar de sua pergunta, e observo livro por livro, mas é claro que Sabine não esquece, e, quando dou meia-volta, ela está ali.

— Vamos sentar perto da lareira, filha.

É uma sugestão, mas ela já está puxando meu cotovelo, e logo me vejo perto das chamas. Sabine se senta ao meu lado e seu olhar é magnético.

— Por que você se sente insegura aqui? — ela quer saber. — Aconteceu alguma coisa?

Meu irmão e minha mãe morreram.

É o que eu quero dizer.

Mas não digo porque é desconfortante, então apenas engulo em seco.

— Você se sente culpada por ter sobrevivido? — Sabine pergunta, suas palavras diretas e perspicazes.

Engulo em seco outra vez. E ela prossegue:

— Porque as coisas têm sua razão de ser, elas acontecem como têm de acontecer. Você permaneceu viva por algum motivo. Não há razão para se sentir culpada.

— Sinto saudade deles — sussurro.

E é como se eu estivesse fazendo uma confissão. Sempre achei que tinha de ser forte por meu pai, que não podia demonstrar fraqueza. Para ajudar Finn.

Mas Finn não era de verdade.

Ele esteve morto durante todo esse tempo.

Não preciso mais ser forte.

Sabine assente e olha para as chamas.

— Eu sei — diz. — Não conheci o seu irmão, mas tenho saudade da sua mãe. Ela iluminava o meu dia, filha. Whitley pode ser um lugar muito escuro. A sua mamãe era uma luz.

Por algum motivo, suas palavras só me deixam mais entristecida, afinal essa luz se apagou e agora só resta a escuridão aqui.

O fogo aquece meu joelho e meus ossos, e eu levo a mão em forma de concha ao peito. Bloqueio minhas emoções, porque emoções só trazem dor.

Então prefiro saber sobre Dare.

— O Dare cresceu aqui? — pergunto, tentando soar casual. — Ele também deve ter sido uma luz para você.

E as palavras soam ridículas. Dare é lindo, Dare é meu coração, mas não é uma luz.

Dare é minha escuridão.

Sabine oferece um sorriso, mas um sorriso triste.

— O Dare de fato cresceu aqui — ela confirma. — Ele era meu, assim como a Laura era. Ainda é, filha. Eu não pude ajudá-lo no passado, mas agora eu o protegeria com a minha própria vida.

Sabine lança um olhar defensivo em minha direção, como se tivesse que protegê-lo de *mim*.

Eu me sinto confusa e quero perguntar o motivo disso, mas não posso.

Porque Dare logo nos encontra.

— Sabby — ele diz enquanto atravessa a sala, com os olhos fixos em mim. — O Jones precisa de você.

Ela o encara como quem sabe o que está acontecendo. Ele veio aqui para me salvar mais uma vez, para me resgatar dessa situação, e Sabine sabe disso. Então ela se levanta da poltrona e vai embora.

Sem olhar para trás.

— Ela te ama — afirmo, sem erguer o olhar.

As chamas são vermelhas e me aquecem.

— Verdade — ele concorda, direto, se sentando no lugar que ela deixou vazio.

E toma o livro das minhas mãos, observando a capa.

— *Jane Eyre* — diz, folheando. — Escolha interessante. Você é a minha Jane, Calla?

Engulo em seco e desvio o olhar.

Porque isso o transformaria no senhor Rochester.

— A Jane salva o Rochester, sabia? — Dare continua, sua voz suave como a noite. — No final.

— Eu não posso salvar ninguém — digo, impotente. — Porque não conheço todos os fatos.

Dare fecha os olhos e parece refletir as chamas.

— Conhece, sim.

Só não consigo me lembrar deles.

Ele abre os olhos outra vez, e seu semblante é uma facada no meu coração, porque já vi aquela expressão antes.

É dolorida, é vulnerável, é ansiosa.

E esconde alguma coisa.

Alguma coisa que eu sei o que é.

Alguma coisa que me assusta.

Me salve e eu vou te salvar.

— Não gosto deste lugar — murmuro.

— Eu sei.

Escrevo uma carta para o meu pai e a entrego a Sabine.

— Ele deve estar curioso para saber se eu estou bem — digo a ela.

Sabine assente. É claro que ele está.

E me oferece uma xícara de chá.

Na Inglaterra, uma xícara de chá pode resolver todos os problemas.

— Dare está aqui? — pergunto casualmente, porque, mesmo agora, ele é o sol e eu sou a lua.

Preciso da sua luz para viver.

Ela nega com a cabeça.

— Não. Mas ele vai voltar, filha. Ele sempre volta.

Que coisa mais esquisita de se dizer.

Mas não fico pensando nisso.

Penso apenas na luz.

Penso que a luz da lua é, na verdade, um reflexo do sol, penso no fato de a lua não produzir nenhuma luz. Então, aquela coisa que parece irradiar uma luz prateada e etérea é, na verdade, o mais escuro dos escuros.

Eu sou a lua.

Não tenho luz própria.

Preciso de Dare para isso.

Mas, se ele é o sol, vai acabar me queimando.

E minhas metáforas estão me causando enjoo.

Vou aos jardins, onde me vejo cercada por flores e pelo silêncio.

Só tenho meus pensamentos, e minha mente é um lugar assustador.

Fecho os olhos e forço minhas lembranças a retornarem.

Mas só consigo ver o passado.

O passado que eu conheço.

Não as coisas que desconheço.

Os gritos de minha mãe me assombram.

A lápide de Finn, minhas lágrimas.

Seu diário, que deixei em casa.

Queria tê-lo trazido.

Pelo menos eu me sentiria mais próxima dele, embora suas palavras fossem loucas.

Imagino uma página com alguns riscos, com sua caligrafia e palavras rabiscadas.

Com clareza perfeita, lembro.

Calla vai me salvar.

Ou eu vou morrer.

Eu vou morrer.

Eu vou morrer.

Serva me, servabo te.

Me salve e eu vou te salvar.

Um arrepio se espalha por mim, porque eu não pude.

Eu não pude salvar o Finn.

E nem todas as palavras e todos os consolos do mundo... do meu pai, de Dare, de Sabine... nada pode mudar isso.

Você permaneceu viva por um motivo.

As bobagens ditas por Sabine voltam à minha mente e eu reflito sobre elas.

Por *qual* motivo?

Eu não sei.

Seria o meu motivo para salvar Dare, como Jane salvou o senhor Rochester?

Eu não sei.

Só sei que preciso descobrir a verdade se quiser salvar alguma coisa.

A verdade libertará a todos nós.

7

Estou outra vez perdida.

Whitley é tão grande que me faz pensar que estou perdida para sempre. De alguma forma, eu me vejo diante do escritório de Eleanor e ouço sua voz saindo de lá de dentro.

Estendo a mão para segurar a maçaneta, mas paro ao perceber que ela não parece feliz. Com a porta já entreaberta, posso ouvir as palavras claramente.

— Ela não está bem, Eleanor — Sabine afirma, com sua voz rouca. — Receio que precise de descanso e de um tempo sozinha.

— Então ela terá isso aqui, em Whitley — Eleanor rebate, com impaciência. — Não vejo motivos para a sua preocupação.

— Ela perdeu tudo — Sabine relembra. — E você não oferece nada além de abrigo para ela. Talvez devesse dizer que...

— Dizer o quê? — Eleanor se enerva. — Lembrá-la de que...

— Você nunca ouviu falar que é falta de educação bisbilhotar?

Dare para ao meu lado e me estuda cuidadosamente. Ele é lindo, enigmático, está em meu espaço pessoal. Também não quer que eu ouça o que elas estão conversando.

Respiro.

— O que todo mundo está escondendo de mim? — lanço diretamente.

Ele nega com a cabeça.

— Não é nada.

É tudo. Eu sinto.

— Eu preciso saber — insisto.

Ele me encara.

— Você está aqui para se recuperar, Calla. Para descansar, para se recompor...

— Mas você disse que eu não estou segura — lembro-o. — Eu não deveria saber por quê?

Agora ele se sente desconfortável e seus olhos escuros parecem brilhar.

— Tanta coisa aconteceu com essa família. Você não precisa saber agora. Só precisa confiar em mim.

Eu queria poder.

— Isso é loucura — sussurro.

— Acho que todos somos um pouco loucos — ele cita Lewis Carroll porque, acredito, não tem uma resposta melhor.

Minhas unhas se enterram na palma da mão; estou completamente frustrada.

— Eu te amo, você sabe — Dare afirma, e de repente seu rosto fica dócil. — Deus, eu detesto isso, Calla.

Dare vai embora, como se ficar ao meu lado fosse doloroso.

Faço a única coisa que posso fazer: me recolho em meu quarto, onde fico sozinha e ninguém me observa. O quarto é solitário e silencioso, e eu não consigo suportar o silêncio.

— Finn, você detestaria este lugar.

É claro que não há resposta, mas dizer isso me faz sentir como se estivesse conversando com ele, me ajuda a fingir que minha outra metade ainda está viva, ainda me faz completa.

Imagino seu rosto, e ele ri.

— Você é tão boba, Cal — Finn me diz, seus olhos azuis brilhando. — Sempre foi a metade melhor. Não precisa de mim.

— Que bobagem — respondo no mesmo instante. — Sempre vou precisar de você. E provavelmente nunca vou deixar de conversar com você, entendeu?

Ele revira os olhos e fica parado sob a luz da lua.

— Tudo bem. Mas vai chegar um dia em que não vou responder. Porque, em algum momento, você vai ter que se desprender de mim, Cal. Para o seu próprio bem.

— Não venha me dizer o que é para o meu próprio bem.

Fecho a cara, mas ele ri. Porque é isso o que Finn faz. Ele ri e sempre deixa tudo mais agradável.

— Fica comigo — peço. — Eu me sinto tão sozinha.

Ele assente, se senta ao meu lado na cama e me observa enquanto me ajeito para dormir. E murmura uma canção sem palavras, uma canção familiar, mas não consigo lembrar o nome.

— Durma — ele me diz. — Eu estou aqui.

E faço justamente isso. Durmo enquanto a memória de meu irmão falecido me observa, porque só assim me sinto segura.

Mesmo assim, meus sonhos me atormentam.

— Um para um para um.

Os sussurros parecem vir do canto, do canto escuro, do corredor.

— Um para um, Calla. Um para mim, um para mim.

E estala e chia e eu dou a volta nos cantos e entro na escuridão.

Enquanto escapo, noto alguma coisa e paro repentinamente.

Deixei Finn para traz.

Agora eles estão com ele.

Não.

Não.

Eu preciso voltar. E me viro, mas não consigo me movimentar. Meus pés estão enredados ao chão.

Eu o ouço gritar e faço força para me movimentar, mas, de repente, sou contida por Dare.

Ele agarra meus braços e me mantém parada. Seus braços são como faixas de aço que não me soltam.

— Você não pode ajudá-lo agora — ele me diz sombriamente, seus olhos negros brilhando. — Sinto muito.

Meus gritos me acordam, e Finn continua sentado na lateral da cama.

— Você está bem? — A voz do meu irmão é ansiosa, e a luz da lua ilumina seu rosto. — Você só está sonhando. Acorde, está tudo bem.

Concordo com a cabeça e agarro sua mão. Ele sorri.

— Foi o bicho-papão?

Tento oferecer um sorriso como resposta, mas a sensação de terror e perda ainda é forte demais.

Então, faço que sim com a cabeça.

— Isso. O bicho-papão.

É uma brincadeira nossa, porque Finn e eu sempre dissemos que não há bicho-papão no mundo que nos assuste, já que dormimos em uma casa funerária.

Mas meu sonho... Meu sonho estava ligado à única coisa que me assusta, que sempre me assuntou.

Perder o meu irmão.

Mas já aconteceu e eu sobrevivi, ainda estou aqui.

Mas o medo ainda toma conta de mim, porque não consigo me desligar do meu irmão.

— Eu estou bem — digo a ele, em tom de confissão.

Porque não passou de um sonho.

Não passou de um sonho. O pior já aconteceu.

Ele assente e começa a se levantar, mas eu puxo sua mão.

— Fique aqui.

Porque pode ter sido só um sonho, mas era tão real.

Há compreensão no olhar de meu irmão, e ele se ajeita ao meu lado sem dizer uma palavra. Palavras não são necessárias, sua presença tranquilizadora já basta. De verdade ou não, ele me acalma e eu não estou pronta para perder isso.

Não demora para a respiração de Finn se tornar suave e regular, e eu sei que o imaginei dormindo.

Eu o observo, seu peito puxando lufadas profundas de ar, o jeito como sua boca está relaxada. O fato de ele ser minha outra metade e de eu não ter a menor ideia do que fazer sem ele, embora saiba que preciso tentar.

Meu peito continua dolorido por causa do sonho, meu coração ainda com batimentos irregulares. Nunca tive um pesadelo tão realista antes. Esse me sacudiu até a espinha.

E me fez nunca mais querer dormir, por medo de ter o mesmo sonho outra vez.

Então, saio da cama e vago pelos corredores de Whitley.

Alguma coisa nesta casa me deixa perturbada. É como se seu coração fosse escuro, como se tivesse uma alma que quer absorver a minha. Percebo que meus pensamentos são insanos e tento afastá-los.

Dando passos leves pelo chão de mármore, chego às enormes portas de vidro da biblioteca.

Hesito por um instante antes de abri-las e entrar.

Não sei por quê.

Só sei que preciso de um pouco de ar. Preciso ficar longe da pressão do interior desta casa. Alguma coisa aqui me sufoca.

Somente quando estou na metade do caminho até os estábulos percebo que estou descalça. Saí da casa sem sapatos.

Que tipo de lunática eu sou?

Estou começando a voltar para dentro da casa quando dois faróis aparecem na entrada. Eles apontam para mim, iluminam através do tecido da camisola, expondo cada linha e curva do meu corpo. Passo os braços em volta da cintura tentando me esconder, mas é em vão. Mesmo assim, o carro, um Porsche preto, segue adiante. Ele passa por mim e avança na direção da garagem, e, quando para, os olhos escuros de Dare me encaram pela janela do motorista.

Devem ser três da manhã e só agora ele está chegando em casa?

Onde estava?

Com o coração afundando, lembro que não é problema meu, porque eu disse a ele que queria espaço. Porque ele é adulto e pode ir e voltar quando quiser, e é isso que eu queria.

Começa a garoar, então aperto o passo, mas é um esforço inútil. Quando chego aos jardins, está chovendo torrencialmente, e tenho que parar em um gazebo para esperar. Os ventos úmidos sopram por sobre os pântanos, uivando assustadoramente, espalhando um calafrio pela minha espinha.

Pensei que viver em uma casa funerária fosse assustador, mas esta propriedade faz a casa funerária parecer brincadeira de criança.

Tremendo, me amontoo sob o telhado, o vento atravessando minha camisola molhada.

No que eu estava pensando quando decidi vir aqui?

— Sabe, a maioria das pessoas usa sapatos. E roupas.

Ensopado da cabeça aos pés, Dare se apressa para se proteger debaixo do telhado. Diferentemente de mim, ele está completamente vestido, mas, exatamente como eu, está completamente molhado.

— Não resolveu o seu problema — aponto. — Você está ensopado.

Ele dá de ombros e se encosta a uma coluna, sacudindo a água do cabelo. Por pouco não continua tomando chuva. Dare é alto e esguio, e alguma coisa nele me faz pensar em uma serpente assassina enrodilhada e pronta para atacar.

— Tudo bem. Eu não vou derreter, acredite.

Ele me examina, os olhos negros como a noite.

— Mas o que você está fazendo aqui no meio da noite?

Acho que vejo em seus olhos um brilho de quem está se divertindo com a situação, uma mistura de bom humor e preocupação, mas desvio o olhar antes que eu possa ter certeza. Essa situação me deixa desconfortável, me leva ao limite... faz todas as minhas terminações nervosas despertarem.

— Eu não conseguia dormir.

Não vejo necessidade de dizer que eu estava dormindo e um pesadelo no qual ele era o ator principal me acordou. Ninguém precisa saber disso.

— Você deveria conversar com a Sabine amanhã — ele sugere. Suas palavras são prestativas, mas o tom é de tédio. — Ela sabe tudo sobre ervas. Com certeza tem um chá que vai fazer você capotar.

Por algum motivo, isso não me surpreende. Sabine, com seu corpinho minúsculo e olhos negros e misteriosos... Ela deve saber tudo sobre ervas.

— Sim, talvez eu a procure.

Dare me estuda, os olhos me inspecionando dos pés à cabeça, vendo meus dentes baterem por alguns minutos.

— Se eu tivesse uma jaqueta, ofereceria a você.

Suas palavras são discretas e se espalham pela noite, e oferecer a jaqueta é realmente muito gentil.

— Não fique com essa cara de espanto. — Ele ri. — Posso não ser tão bondoso quanto você, mas tenho modos. — Dare ajeita o corpo e abre os braços. — Venha aqui, Calla.

Ao seu calor.

À sua força.

Eu quero.

Eu quero.

Determinada, nego com a cabeça.

Os olhos de Dare embaçam, e ele solta os braços nas laterais do corpo.

Ele se afasta da coluna e se aproxima de mim, seu corpo é ágil e esguio. Engulo em seco quando Dare chega mais perto, e depois mais perto.

Por um breve instante, sinto que sou a presa e Dare, o caçador, até a realidade me açoitar e eu me dar conta de que ele jamais seria meu predador. Eu sou a noite e ele é o dia. Ele está inteiro e eu, aos pedaços.

— Você vai acabar pegando uma gripe aqui fora — ele alerta, agora com uma voz suave, e toda essa coisa de "eu preciso de espaço" está me matando, me matando, me matando.

E me pergunto se também o está matando.

— Venha, me acompanhe — ele diz, me conduzindo.

Por algum motivo, faço o que Dare pede e permito que ele me guie pelos jardins, pelo caminho, para dentro da casa, até uma lavanderia enorme. Ele abre um armário e pega uma toalha grande e felpuda. Quando se vira para mim, passa a toalha por sobre meus ombros.

— Você não está acostumada com a chuva daqui — ele me diz enquanto esfrega a mão vigorosamente nos meus braços. — Não saia mais à noite. Você nunca sabe o que espera lá fora.

Não me importo em lembrá-lo de que a chuva do Oregon é tão ruim quanto a daqui, que os dois lugares são úmidos, cinza e lúgubres e que estou acostumada a isso. Não pergunto o que me espera lá fora, porque não quero saber. Ainda não.

— Eu... hum... — Fico em silêncio antes de arriscar: — Por que você está sendo tão gentil? Se eu mesma não estou sendo gentil com você.

— Você está fazendo o que tem que fazer — ele afirma, com uma expressão estranha nos olhos escuros. — Aqui as coisas não são o que parecem, Calla. Não se esqueça disso e você vai ficar bem.

Depois de dizer essas palavras, ele vai embora, me deixando sozinha, com uma toalha molhada na mão.

Volto para o quarto, atravessando os corredores silenciosos, e, enquanto passo pelas janelas, tenho a sensação de que alguma coisa está rosnando.

Alguma coisa está à espera,

Alguma coisa dorme no escuro.

Não sei o que é.

Mas essa coisa *me* conhece.

Disso eu tenho certeza.

8

Estou tão solitária.

Sei que estou aqui para melhorar, para arrumar o que foi destruído, para lembrar o que esqueci.

Mas ficar sozinha é triste.

Escrevo outra carta para meu pai e a entrego a Sabine.

Eu estou bem, afirmo no papel. É mentira, mas talvez ele não perceba.

Se Whitley guarda alguma resposta, eu certamente ainda não a encontrei.

Seguro a medalha e me pego sussurrando:

— São Miguel, me proteja. Me proteja daquilo que não conheço. Me guie em direção àquilo que preciso encontrar.

Solto a medalha outra vez contra a blusa, e o metal é frio ao encostar na minha pele. Essa frieza me lembra de Finn, de que ele não está vivo, e fico outra vez arrasada.

Toda vez que penso nisso, sinto como se estivesse arrancando um curativo da minha pele.

Ficar sem ele é excruciante, é algo que me atinge nos momentos mais estranhos.

Ainda faltam horas para o jantar, então me arrasto pelos corredores, buscando me distrair, buscando descobrir alguma coisa. *Qualquer coisa.*

Encontro um antigo berçário com dois berços e um cavalinho de madeira assustador. Seu olho, também de madeira, me observa sem vida enquanto analiso o espaço.

As paredes são de um amarelo-claro envelhecido, o chão de madeira de lei brilha, o teto é alto. Há candelabros até aqui, no lugar onde crianças deveriam ser estimuladas no seu desenvolvimento.

Mas os brinquedos são escassos e a austeridade é abundante.

O silêncio é enervante.

Um berçário sem bebês é assustador.

— Aqui foi o berçário da sua mãe — Sabine diz atrás de mim. — E do seu tio.

— Eles tinham mais ou menos a mesma idade? — pergunto, afinal não sei nada sobre minha própria família.

Ela confirma com a cabeça.

— Mas não eram próximos. O Dickie era problemático, a sua mãe não. Está com saudade de casa, filha?

É claro que estou.

E é claro que não estou.

Minha casa era assustadora.

Mesmo assim, sinto falta dela.

A babá sorri, seus dentes são escuros.

— Então venha comigo — ela convida, e eu vou.

Subimos em uma picape antiga e seguimos um caminho que parece durar horas.

Mas enfim, enfim, estacionamos e estamos perto do mar, o sol refletindo na água.

Olho para o cenário e não me sinto preparada para o alívio que se espalha por mim quando vejo a areia e a água.

— Parece um pouco com as fotos que a sua mãe me mandava — Sabine diz baixinho. — Da sua casa nos Estados Unidos. Aquelas colinas são as Sete Irmãs, e eu imaginei que você fosse gostar daqui.

Ela me passa uma cesta contendo um cobertor, meu livro e uma garrafa de água.

— Tenho que fazer compras em algumas fazendas da região. Volto em algumas horas para buscar você.

Aceno para ela, tocada por sua consideração e culpada por não esperar algo assim vindo dela. Sabine me deixa sozinha, e eu me sinto tão pequena perto do mar.

Ando de um lado para o outro na praia, os pés afundando na areia úmida.

A espuma vai e vem, e eu me esquivo dela, seguindo rumo à beirada branca dos penhascos.

Estou em casa aqui, neste lugar acidentado.

Estou em casa no limite, de onde posso cair a qualquer instante.

Eu subo e subo e, quando chego ao topo, olho para o mundo lá embaixo.

Sou grande e ele é pequeno, e o mar é meu amortecedor.

Abro o cobertor e meu livro, me perco nele.

Eu me perco em um mundo que não é o meu, e por algum tempo é melhor que seja assim.

Respiro fundo no final, quando Jane enfim salva o senhor Rochester

Ela o salva da solidão e do desespero.

É disso que Dare precisa ser salvo?

Solto o livro de volta na cesta e ergo o rosto na direção do sol.

Que me banha, me aquece, me acalma.

As visões.

As lembranças.

Finn grita.

O vidro quebra.

Os pneus derrapam.

A água bate na encosta.

O metal amassa e guincha.

— Você está bem? — Dare quer saber, e há medo em sua voz.

Ele não deveria estar ali.

Não consigo deixar esse fato de lado.

Mas não consigo, nem se minha vida dependesse disso, entender o que está acontecendo.

Não consigo chegar à verdade.

Há uma parede em minha mente, me bloqueando.

Me protegendo.

Mas não posso ser protegida para sempre.

Preciso te contar uma coisa.

É nova.

É uma lembrança nova.

De antes do acidente.

Fico assustada e me concentro.

Calla, preciso te contar uma coisa. Você não vai entender. Por favor, apenas escute antes de achar que sou um monstro.

Minha respiração... Ela não vem, e eu tento e tento inspirar e tento e tento lembrar mais.

Mas isso é tudo.

O rosto de Dare some.

Ele tem medo de ser um monstro, e talvez seja.

Não sei.

Mas estar aqui, no vento e no ar, talvez até mesmo em Whitley, está me tornando livre para lembrar. Todo mundo estava certo, as respostas estão aqui.

Eu sinto.

Só não gosto disso.

A água bate lá embaixo, e é como uma canção de ninar, uma música, até se transformar em uma espécie de rosnado... e o meu nome.

Calla.

É um sussurro levado pelo vento.

Abro os olhos e alguém está me encarando.

O rapaz do capuz.

Ele está na beirada da água, os pés enterrados na espuma, não consigo ver seus olhos.

Hesito, depois ergo a cabeça.

Ele está na minha mente.

Mas por quê?

Seria uma lembrança?

Ele inclina a cabeça e eu não sinto medo, então ele vai embora, sob a luz do sol.

9

— Calla!

É Dare gritando, e quando olho ele está em pé lá embaixo, na praia. Sua calça está com a barra dobrada e o sol bate no seu cabelo.

Sorrio antes de conseguir me conter,

Porque, embora eu não devesse,

Eu o quero.

Eu o quero agora.

Eu o quero sempre.

Ele sobe até aqui, onde estou, e se senta na coberta. Quando me encara, seu olhar é escuro.

— A Sabine pediu para eu vir — explica. — Ela vai se atrasar e não queria que você ficasse sozinha.

Aceno com a cabeça e me sinto grata por Dare estar aqui, porque estou cansada de ficar sozinha.

Minha mente é um mar profundo, e eu estou me afogando.

— Você tinha medo de eu pensar que você fosse um monstro — digo, com a voz leve, e observo atentamente seu rosto.

Sua boca repuxa, mas essa é a única reação.

— Sim. E você lembra por quê?

Deixo um punhado de areia deslizar por entre meus dedos, assistindo a cada grãozinho.

— Não, ainda não.

Ele suspira, e o ar que ele exala libera algo aqui, no topo do penhasco próximo ao mar.

— Onde devo buscar as respostas? — pergunto e ouço o desespero em minha voz, porque estou cansada de ficar agitada.

Estou cansada de segredos.

Estou cansada de nada ser claro.

Ele pisca os olhos.

— Você deveria procurar em Whitley — ele enfim sugere. — Mas precisa tomar cuidado. Não vai gostar do que vai encontrar.

Anuo porque sei que não vou gostar.

Porque o que eu encontrar pode me fazer pensar que Dare é um monstro.

Ele segura minha mão enquanto andamos até o carro, e então eu o solto.

Porque preciso da sua luz para viver,

Porque um monstro vive dentro de todos nós.

É isso que digo a Finn mais tarde, quando estou sozinha em meu quarto.

Meu irmão me encara com olhos azul-claros imaginários.

— Talvez — provoca. — Mas isso não anula o fato de o Dare estar na nossa montanha naquela noite, Calla.

— A noite da sua morte — confirmo.

Ele desvia o olhar, e sei que não gosta de estar morto.

— Ele *estava* lá? — Finn pergunta, e, a julgar por seu tom de voz, eu sei que ele sabe. — Ou você está confusa?

Suspiro alta e demoradamente, porque estou cansada de ser a única de quem a verdade é escondida.

— Apenas me diga — exijo saber.

Sua resposta é direta:

— Não posso.

— Mas você quer.

— Sim.

Ele se levanta e atravessa o quarto como um leão esguio em uma jaula.

— Pense, Calla. Você sabe a resposta.

Eu sei.

Eu sei, sim.

Está na ponta da minha mente, morrendo de vontade de tomar forma.

Fecho os olhos.

Conversei com Dare naquela noite. Posso ouvir suas palavras. Ansiosas, amedrontadas.

Eu me concentro e vejo o penhasco, a casa funerária, a lua.

Vejo meu irmão,

E ele está vivo,

Depois não está mais.

Minha mãe,

Meu pai,

As luzes piscando.

A praia.

E então...

Alguma coisa.

Um lampejo.

Estico o pescoço na tentativa de ver mais.

Um vislumbre de cabelo escuro.

E um nome.

Abro os olhos.

— Quem é Olivia? — pergunto, inerte.

Finn sorri.

— Agora nós estamos no caminho certo.

10

Se eu ficar tempo demais dentro da casa, as paredes começam a me sufocar.

Odeio o silêncio, odeio a altura do teto, odeio estar sozinha.

Odeio minha vontade de ligar para Dare, de pedir para ele me encontrar neste lugar maldito, me levar embora... porque, para ser sincera, não tenho para onde ir.

Não posso ir para a minha casa.

Não posso enfrentá-la sem Finn.

Mas Deus sabe que não posso ficar neste lugar.

A brisa é ligeiramente fria enquanto desço as escadas. Acredito que aqui nunca fique quente. De qualquer forma, a chuva deixa a grama exuberante. Verde e alta e vibrante. Como Finn diria em sua busca infinita por aprender latim... é *viridem*. E verde significa vida.

O caminho de paralelepípedos se transforma em seixos quando me distancio da casa, e depois de um instante chego a uma bifurcação na estrada. O caminho se divide. Um leva a um bosque; o outro, a uma bela construção de pedra no limite do horizonte, envolta em bruma e árvores respingando.

É pequena e misteriosa, bonita e antiga. E é claro que preciso olhar mais de perto. Sem pensar duas vezes, sigo por esse caminho.

Quanto mais me aproximo, mais minha curiosidade aumenta.

Posso sentir o cheiro de musgo, aquele cheiro úmido e azedo que se espalha por um quarto fechado ou um espaço mofado. E, com o cheiro obscuro, vem uma sensação opressora. Sinto-a pesando nos meus ombros enquanto abro a pesada porta, enquanto vejo a palavra SAVAGE escrita na madeira, enquanto dou meu primeiro passo hesitante para dentro de uma sala que aparentemente não vê vida humana há anos.

Mas *vê* a morte.

Estou em um mausoléu.

Como cresci em uma casa funerária, sou versada na morte. Sei qual é a sua aparência, seu cheiro, até seu gosto no ar.

E aqui estou cercada por ela.

O chão é de madeira, mas, como não há luz, o musgo cresce por todos os cantos e parece macio sob meus pés. As paredes são blocos espessos de pedra e guardam várias alcovas preenchidas com os restos mortais dos membros da família Savage. Corações doces, o que me faz questionar há quanto tempo os Savage vivem em Whitley.

Perto de mim estão Richard Savage I, meu avô, e Richard Savage II, meu tio. Ao lado dele, Olivia.

Olivia.

O nome da minha lembrança.

A mãe de Dare.

Deslizo os dedos pelo nome dela, contornando as letras entalhadas na pedra, absorvendo a frieza, a dureza.

O que eu sei a seu respeito?

Por que ela é importante em minha memória?

Dare tem os olhos ou o cabelo dela? Seria ela o único ponto de luz no mundo dele? Ele tem mais saudade dela do que de sua própria vida?

Não sei.

Só sei que o nome dela estava na minha cabeça ontem... antes de eu encontrar este lugar.

É a minha primeira pista consistente.

Deslizando os dedos pela parede, dou a volta na sala, vendo meus antepassados, impressionada com o silêncio do lugar.

É um silêncio alto que faz meus ouvidos zumbirem.

A porta aberta cria uma faixa de luz no chão escuro, e é enquanto estou concentrada nessa luz que ouço o primeiro sussurro.

Calla.

Viro a cabeça, mas não encontro nada atrás de mim.

Calafrios descem pela minha espinha e arrepios se espalham pelos meus braços enquanto olho para o ambiente vazio. As únicas pessoas aqui estão mortas.

Mas... o sussurro foi muito claro em meio ao silêncio.

Estou ouvindo vozes.

Isso me aterroriza, mas não tanto quanto a familiaridade existente naquele sussurro.

Não pode ser meu irmão.

Não pode ser. Ele está morto e eu sei disso. Posso tê-lo imaginado umas noites atrás, mas até eu sei que não era de verdade.

— Olá? — grito, desesperada por haver alguém aqui, por ter sido uma pessoa de verdade falando. Mas ninguém responde.

É claro que não.

Eu estou sozinha.

Apoio a mão na parede e tento respirar fundo. Não posso estar louca. Esse é um dos meus maiores medos, empatando apenas com perder meu irmão.

Um movimento atrai meu olhar, e eu me concentro nele.

Pétalas de cravo e lírio, brancas e vermelhas, sopram pelo chão. Flores de funeral.

Assustada, eu me viro na direção delas, me inclinando para tocá-las. Esfrego os dedos em uma, sua textura suave como veludo. Ela não estava aqui um minuto atrás. Nenhuma delas, mas agora estão, espalhadas pelo chão.

E levam a uma cripta na parede.

Adair Phillip DuBray.

Meu coração acelera e acelera enquanto corro na direção da placa, enquanto deslizo a ponta dos dedos sobre as letras.

Isso também não estava aqui.

Que diabos?

Engulo em seco, inalando o ar, observando as flores frescas no vaso ao lado do nome.

Não há musgo aqui, pois as letras foram entalhadas há pouco tempo, a cripta foi aberta e fechada recentemente também. Mas é impossível que Dare esteja aqui, porque eu o vi ainda ontem à noite. Ele está bem, ele está bem, ele está bem.

Enquanto minhas mãos se apoiam em seu nome, eu me reasseguro, imagens invadem minha cabeça, imagens e cheiros.

O mar, um penhasco, um carro.

Sangue, metal gritando, a água.

Dare.

Ele está ensanguentado,

Ele está ensanguentado,

Ele está ensanguentado.

Tudo está pegando fogo,

As chamas atingem as paredes de pedra,

Tentando encontrar uma forma de sair daqui.

A fumaça me sufoca e eu tusso,

em busca de ar.

Pisco os olhos e tudo desaparece.

Minhas mãos estão em uma parede branca e o nome de Dare sumiu.

As flores sumiram.

Eu estou sozinha.

O chão é liso.

Não consigo respirar.

Não consigo respirar.

Não consigo respirar.

Estou louca.

Essa é a única explicação.

Tento encontrar a porta e saio à luz do sol, avanço para longe do mausoléu, para longe da morte.

Voo na direção da casa, tropeçando nas pedras.

— Calla?

Meu nome vem em um grito e eu tenho medo de olhar, medo de não haver ninguém ali, medo de ainda estar imaginando coisas. Era assim que Finn se sentia todos os dias? Estou seguindo pelo mesmo caminho? É a toca do coelho, e eu sou o coelho e estou louca.

Mas é Dare, parado, alto e forte, no caminho. E eu corro para seus braços, sem me preocupar com mantê-lo distante.

Seus braços me envolvem; o seu cheiro é tão bom, tão familiar, e eu fecho os olhos.

— Você está bem — digo a ele, digo a mim mesma. — Você está bem.

— Sim, eu estou bem — ele responde, confuso, suas mãos acariciando minhas costas, me puxando mais para perto. — Você achou que alguma coisa tivesse acontecido?

Vejo seu nome entalhado na pedra do mausoléu e estremeço, afastando a visão para bem longe da minha mente.

— Não, eu... não.

Ele passa mais alguns minutos abraçado comigo, depois olha para mim e ajeita uma mecha de cabelo rebelde atrás da minha orelha.

— Você está bem? Faz horas que sumiu.

Horas? Como pode? O céu gira e eu me ajeito contra seu peito.

Ouço seu coração, que bate rápido porque ele está com medo.

Está com medo por mim, porque reconhece os sinais, já os viu antes.

— Está tudo bem, Cal — murmura, mas posso ouvir a preocupação em sua voz. — Está tudo bem.

Mas posso perceber, pelo modo como ele fala, que não está.

A loucura é genética.

Eu sou o coelho.

E eu sou louca.

Dare passa o braço por sobre meus ombros e nós voltamos para casa, e posso senti-lo olhando para mim de tempos em tempos.

— Pare — enfim digo enquanto atravessamos os jardins. — Eu estou bem.

— Certo — ele concorda. — É claro que você está bem.

Mas ele me conhece e sabe que não estou.

Sabine está ajoelhada perto das portas da biblioteca, escavando o rico solo inglês, e olha para nós por sobre os ombros. Quando vê meu rosto, seus olhos se estreitam e ela fica em pé.

— Está tudo bem, senhorita Price? — pergunta, com a voz grave.

Tenho vontade de mentir, de dizer a ela que estou bem, mas sei que ela percebe a diferença. Aliás, enquanto ela me observa com aqueles olhos escuros, eu a sinto enxergando a minha alma.

Não me incomodo em mentir.

Apenas nego com a cabeça.

Ela assente.

— Venha comigo.

Ela nos guia até os fundos da casa, onde fica seu quarto. É pequeno e escuro, repleto de tecidos coloridos, símbolos místicos e joias espalhafatosas, escudado por espelhos e apanhadores de sonhos e estrelas.

Fico impressionada e paralisada, olhando para toda a ostentação.

Ela nota minha expressão e encolhe o ombro.

— Eu faço parte dos rom — diz, como se estivesse se explicando. Ao perceber que não estou entendendo, ela suspira. — Romani. Cigana. E não sinto vergonha.

Ela levanta a cabeça, queixo alto, e posso ver que está muito longe de sentir vergonha. Ela sente orgulho.

— Não deveria se envergonhar — reasseguro, falando baixinho. — É a sua herança. E é fascinante.

Ela fica satisfeita com isso, com a ideia de eu não menosprezá-la por suas raízes.

Seus olhos escuros contam uma história, e, para mim, eles dizem que ela sabe mais do que eu possa imaginar. Que ela talvez saiba mais sobre *mim* do que eu mesma.

É loucura, eu sei.

Mas parece que agora eu estou louca.

Sabine me direciona até uma cadeira aveludada e me empurra gentilmente para eu me sentar. Em seguida, olha para Dare.

— Deixe-nos sozinhas — pede, tranquilamente. — Agora ela está comigo. Vai ficar bem.

Ele se mostra hesitante e olha para mim, que aceno concordando com ela.

Vou ficar bem.

Eu acho.

E ele se vai.

Sabine mexe em alguma coisa, e, enquanto faz isso, eu olho em volta. Na mesa ao meu lado há cartas de tarô espalhadas, dispostas de modo que parece ser uma leitura interrompida.

Engulo em seco porque há algo no ar.

Algo místico.

Depois de um minuto, Sabine coloca uma xícara nas minhas mãos.

— Beba. É melissa e camomila. Vai acalmar seu estômago e você também.

Não perco tempo perguntando como ela sabia que eu estava agitada. Devia estar escrito no meu rosto.

Bebo o chá. Depois de um instante, ela olha para mim.

— Melhorou?

Confirmo com a cabeça.

— Obrigada.

Ela sorri, e seus dentes são assustadores. Desvio o olhar e ela fuça em um armarinho. Puxa seu conteúdo e me entrega uma caixa.

— Tome isso à noite. Vai te ajudar a dormir. — Lanço um olhar questionador para ela, que acrescenta: — O Dare me contou.

Pego a caixa, que não tem nada escrito, e ela assente.

— A sua mãe costumava ter problemas para dormir. E também tinha ataques de nervos.

Sabine não tem como saber que meus "ataques de nervos" incluíam alucinações e ouvir vozes, então apenas sorrio e agradeço.

Olho outra vez para sua mesa.

— Você prevê o futuro, Sabine?

Parece estranho dizer essas palavras de um jeito sério, mas ela logo responde:

— Eu leio cartas. — E assente. — Um dia, vou ler para você.

Não sei se quero saber o que elas dizem.

— Você já leu as cartas para o Dare? — pergunto, impulsivamente, sem nem saber por quê.

Sabine me encara com seus olhos escuros de quem sabe das coisas.

— Aquele rapaz não precisa que ninguém preveja o seu futuro. Ele escreve o próprio futuro.

Não tenho ideia do que ela quer dizer com isso, mas concordo.

— Agora você vai ficar bem — ela diz, com sua expressão de mulher sábia, e me pego acreditando em suas palavras.

Sabine tem uma natureza que acalma, algo que tranquiliza o ar à sua volta. Eu nunca tinha percebido isso.

— A minha mãe nunca falou de você — murmuro enquanto me levanto. — Acho estranho, considerando que ela certamente te amava.

Sabine desvia o olhar.

— A sua mãe não tem lembranças muito felizes daqui — responde baixinho. — Mas eu conheço o coração dela.

— Está bem — digo, incerta, enquanto deixo o quarto.

Sabine apoia a mão no meu ombro.

— Se precisar de mim outra vez, sabe onde me encontrar.

Confirmo com um gesto e vou embora. Enquanto me distancio, sinto Sabine me observando, mas resisto ao desejo de olhar para trás.

Em vez disso, me concentro no fato de que Sabine me fez sentir muito melhor, muito mais calma.

Talvez o chá tivesse algum calmante.

Quando entro em meu quarto, chego à conclusão de que imaginei tudo aquilo. Não ando dormindo muito bem. Minha mente estava me pregando uma peça, como as mentes tendem a fazer quando sofrem com a privação de sono.

Obviamente.

Essa é a explicação.

Ergo a mão para ajeitar o cabelo atrás da orelha, e é então que fico congelada. Meus dedos cheiram a cravo e lírio.

II

Cordas me seguram, me mantêm presa, me limitam, cortam minha pele.

Eu me debato de um lado para o outro, mas é impossível me livrar delas.

Minha mente é uma espiral, fragmenta-se e explode em um milhão de pedaços confusos.

A luz invade, ilumina, mas não existe verdade aqui. Existem apenas bobagens e enigmas.

Não consigo entender,

E

Nem

Sei

Se

Quero

Entender.

— Socorro! — eu grito.

Mas minha voz ecoa pelos halls e corredores e cômodos. Não há ninguém além de mim aqui, estou sozinha, e esse é o meu maior medo.

— Alguém! — minha voz falha e meus dedos afundam na corda desgastada. Não há ninguém aqui, mas de repente a corda se rompe, me lançando contra a parede com a força do meu próprio movimento.

Dou um salto para correr, mas então percebo...

Que não tenho nenhum lugar para onde ir.

Eu me sento diante da mesa massiva de Eleanor e, com desconforto, espero que ela comece a falar. Já se passaram vinte e quatro horas desde que imaginei ter visto as criptas. Já tive tempo de pensar nas alucinações e de aceitá-las pelo que elas são: um produto da privação de sono. Estou ignorando o fato de meus dedos carregarem o cheiro de flores que eu não poderia ter imaginado.

Agora estou esperando para ouvir o que Eleanor espera de mim.

Independentemente do que eles considerem ser meu "estágio frágil", ainda há minha herança para debatermos.

Ela me encara por vários instantes antes de começar a falar com sua voz dura e séria.

— Acredito que já tenha se adaptado.

Não é um gracejo, mas uma diretiva.

Em resposta, anuo, como esperado.

— Que bom. Agora nós temos assuntos para conversar, e eu quero ter toda a sua atenção.

Sinto minha coluna ereta feito uma vara e imagino as vértebras se alinhando, temendo se soltar na presença de Eleanor. Imagino que o sol tenha medo de brilhar quando ela está por perto. Essa mulher é realmente intimidadora.

— Percebo que você não está se sentindo bem, o que já é esperado.

O sotaque inglês de Eleanor é pesado, e eu me pego distraída com isso, com o fato de minha mãe ter perdido seu sotaque ao longo dos anos.

— Mas você tem uma herança significativa deixada pelo seu avô — ela prossegue, me encarando a ponto de me fazer acreditar que vai cavar um buraco na minha pele. — E você precisa cumprir determinadas exigências para recebê-la. Como já tem dezoito anos agora, não nos resta muito tempo.

— Quais são as exigências? — pergunto educadamente, mas não vejo a hora de dar o fora da sala.

Eleanor tem um ar de subestimação.

— Em primeiro lugar, você vai estudar na Universidade de Cambridge. Todos os Savage estudaram em Cambridge, sempre. E vai viver aqui em Whitley durante os seus anos de estudo.

Pausa.

— Vai aceitar que, além de você mesma, eu também terei acesso à sua conta bancária.

Pausa.

E ela me encara.

— E vai usar hífen no seu nome. De agora em diante, ele será grafado como Price-Savage.

Esta última condição me faz estremecer, porque sei que meu pai não vai gostar nada, nada da ideia.

— O Dare também precisa usar hífen no nome dele? — pergunto sem pensar.

Eleanor parece ter engolido um limão. Sua boca repuxa.

— É claro que não. Adair não é um Savage, nunca foi. A herança dele é minúscula comparada à sua.

Isso não me parece justo.

Engulo em seco.

— Por fim, e o mais importante, você tem até os dezenove anos para requerer a herança. Você precisa estar bem até lá, Calla.

Você precisa dar um jeito na vida. É isso que ela está dizendo. *Você precisa deixar de ser louca.*

Olho com apatia para Eleanor.

— Você concorda com esses termos?

Eleanor espera, espera me ouvir concordar, espera que eu apresente desculpas pelo fato de minha mente estar fragilizada. Não faço isso. Enfim respondo em tom calmo:

— Vou tentar.

Eleanor segue inflexível.

— Muito bem. Pode ir.

Ela olha para a mesa, sua atenção já voltada para outra coisa.

Eu me permito sair e, quando estou no corredor, deixo Finn me acompanhar.

— Ela não pode estar falando sério — ele revira os olhos.

Solto o corpo contra a parede.

— Receio que esteja. Acho que ela nem sabe brincar.

— Eu não vou mudar o meu nome — Finn diz, decidido. — Eu sou um Price.

— Ela não pediu para *você* mudar o seu nome — rebato, diplomaticamente. — Você está morto. Ela está pedindo para eu fazer isso. E não é para mudar, é apenas para usar o hífen.

— O papai vai surtar — Finn comenta, e eu sei que ele está certo.

— Provavelmente.

Ele mordisca o lábio.

— Talvez. Vamos pensar no assunto.

Como sempre, ele fala de nós dois como uma unidade. Porque somos isso, mesmo agora, mesmo com ele morto.

— Preciso de algumas coisas — digo a ele. — Itens de higiene — acrescento antes que ele possa fazer qualquer pergunta. — Coisas de menina. Vou dar uma volta na cidade para buscar. Quer vir comigo?

Ele nega com a cabeça.

— Comprar coisas de menina? Ah, não. Acho que vou ficar por aqui e dar um passeio imaginário pelos jardins.

— Boa ideia. Eu preciso praticar o exercício de ficar sozinha.

— Precisa — ele concorda e, mais uma vez, reflito sobre como sou ridícula.

Sou tão patética a ponto de precisar imaginar uma realidade?

Parece que sou.

Encontro Jones no andar de baixo e, hesitante, me aproximo de sua figura imponente.

— O senhor poderia, por favor, me levar à cidade? Preciso fazer umas compras.

— É claro, senhorita Price — ele concorda, imediatamente parando o que está fazendo para me atender. — Eu vou buscar o carro.

Estou esperando na frente da casa quando Dare sai pela porta, impressionantemente lindo todo de preto, calça preta e camisa preta folgada no corpo. Ele passa pela porta como uma brisa e para ao meu lado.

— Posso pegar uma carona com você? — pergunta, me olhando de cima a baixo, buscando algum sinal de fraqueza.

— Claro. Mas você não dirige? — pergunto, apática, já que ele tem saído de carro todas as noites.

Dare inclina a cabeça.

— Às vezes eu só quero ser preguiçoso.

— É compreensível — digo. — Sim, você pode ir comigo.

Ele solta o corpo contra a parede da casa.

— O seu quarto está confortável? — ele lança, já conhecendo a resposta, porque sabe que é.

A formalidade entre nós me machuca, corta feito faca, e eu quero acabar com ela.

Mas não posso.

Quanto maior for a distância entre nós, mais segura estou.

Não sei como, mas eu sei disso.

Confirmo com a cabeça, e Dare sorri enquanto o carro para à nossa frente. Ele abre a porta para mim porque, mesmo não sendo tão gentil quanto eu, ele tem modos.

— Que bom.

Ele se senta ao meu lado e seus dedos se entrelaçam aos meus. Eu os afasto.

— Dare... eu... — Olho para ele, enrijeço o corpo, adoto uma postura firme. — Preciso que você não seja bonzinho comigo.

Seus olhos se arregalam, depois se estreitam.

— Por quê?

— Porque assim vai ser mais fácil.

Ele balança a cabeça, deixando sua irritação transparecer nos olhos.

— Mais fácil para quem? Se você quer se distanciar de mim, eu não vou facilitar, Calla.

— E *isto* é fácil para mim?

Com *isto,* quero dizer minha vida, e ele sabe. Minha mãe morreu. Meu irmão morreu. Eu estou longe do meu pai, aqui em Whitley, e sinto, no meu coração, que não posso confiar em Dare. Ele está escondendo algo de mim.

Dare nega com a cabeça.

— Não. Mas não é motivo para tornar tudo mais difícil, Calla. Não me faça ficar longe. Não... não faça isso. Você não é a única que está enfrentando dificuldade.

Seus olhos estão tão cheios de dor, tão amedrontados, tão entristecidos.

Nos meus, sinto o calor e pisco para afastar as lágrimas, sinto o coração pesar.

— Você pode me contar o que é que eu não sei?

Dare fica congelado, com a mão na perna.

— Não.

Então eu não posso confiar em você. Você está guardando um segredo. E eu *odeio segredos*, Dare. Você deve saber por que.

Ele aperta o maxilar e olha pela janela, e eu olho para o outro lado.

Eu o ignoro, olho pela janela, para o interior da Inglaterra, enquanto seguimos rumo à cidade.

— Quão longe nós estamos de Londres? — pergunto a Jones.

— Cerca de uma hora, senhorita — ele responde, e Dare não desvia o olhar de seu celular.

— Muito longe — ele diz, sem olhar para mim.

— Por que você está dizendo isso? — pergunto.

Ele não faz a mínima questão de responder, só continua olhando atentamente para o telefone.

— Grosso — murmuro baixinho.

Acho que vejo seu lábio repuxar, mas não tenho certeza.

Você disse para ele não ser tão bonzinho.

Ele está atendendo meu pedido.

Não demoramos a chegar a uma cidadezinha, e demora ainda menos para Dare sair do carro e andar pela calçada, se distanciando do veículo.

— Nós vamos estar aqui em uma hora — ele diz por sobre o ombro para Jones.

Que presunçoso.

— Uma hora é suficiente? — Jones me pergunta, com sua voz séria.
— Posso esperar mais se precisarem.

— Uma hora está bom — asseguro.

Ele assente e eu sigo na direção das lojas, mas, quando vejo Dare deixar a calçada e entrar em um beco, minha curiosidade explode. Mudo de caminho e o sigo.

Isso vai contra todo o meu lado racional, mas não consigo me controlar.

Ele anda rápido, mas eu consigo acompanhar.

Passamos pelas construções no corredor estreito e quase o perco de vista duas vezes, mas consigo mantê-lo em meu horizonte. Vejo seus ombros largos balançando à minha frente antes de ele ir para o outro lado da rua.

Eu o sigo.

A ruazinha se torna mais estreita e escura, e os paralelepípedos são mais irregulares. Perco Dare de vista nas sombras, depois tropeço. Enquanto tento recuperar o equilíbrio, sou puxada contra um muro.

Antes que eu possa respirar ou gritar, o rosto de Dare se materializa à minha frente, tão ameaçador e sombrio quanto é lindo.

— Procurando alguma coisa? — pergunta friamente, com uma voz dura e grave.

Suas mãos estão nos meus ombros, e eu percebo que me encontro firmemente presa ao muro, diante dele. Dare não está me ferindo, só se recusa a me soltar.

Estou limitada entre suas palmas.

Posso sentir seu quadril, posso sentir seu calor.

Posso sentir a parte do corpo que o faz homem.

Minhas bochechas esquentam com isso.

— Não — começo a responder, mas, quando ele arqueia a sobrancelha, eu suspiro: — Sim.

— O quê? — Ele não me solta.

— A verdade — respondo, com sinceridade.

— Já ouviu a frase "O que você não conhece pode ferir"? — Dare pergunta, seus olhos encarando duramente os meus.

Faço que sim com a cabeça.

— Bem, o que você *conhece* também pode ferir. Pare de bisbilhotar. É muito provável que você não goste do que vai descobrir. Você precisa deixar as coisas surgirem na sua frente.

— Eu não estava... Eu não estava bisbilhotando — consigo dizer. — Não sei o que eu estava fazendo.

Dare dá um passo para trás e me solta.

Ele é alto, esguio e forte, e me deixa meio sem ar.

— Esse deve ser o seu primeiro problema — diz. — Se você não sabe o que está fazendo, nunca vai chegar a lugar nenhum. Saia desta rua escura, Calla. Este lugar não é seguro.

Ele aponta para a entrada da rua e, quando faz isso, eu as vejo

As flores que ele soltou no chão.

Rosas, lírios e cravos.

Meu coração afunda e eu faço o que ele falou para fazer. Quando chego à calçada e sou banhada pela luz do dia, ele já desapareceu. As flores também.

Encontro a loja mais próxima, acho os produtos que queria e volto ao carro em menos de uma hora. Dentro do veículo, espero Dare voltar e, a cada minuto que passa, me pergunto o que direi a ele.

Mas não tenho que decidir.

Porque Jones finalmente vira o rosto para trás.

— Parece que o senhor DuBray não vai conosco. Eu venho buscá-lo mais tarde.

Em silêncio, concordo com a cabeça e deixo Jones me levar de volta a Whitley.

Sem nem me dar conta, espero a limusine voltar com Dare, o que não acontece. Não sei como ele volta para casa.

Mas sei que ele volta. Porque, no meio da noite, sou acordada de meu sono inquietante por um barulho que não consigo definir. Fico deitada por um instante, tentando ficar acordada o suficiente para limpar a mente, e, por fim, percebo que é a música de um piano se espalhando pelos corredores de Whitley.

Pego meu roupão e, seguindo as notas hipnotizantes, me vejo no salão.

Fico em silêncio na passagem da porta enorme, observando Dare tocar piano com a graça de um mestre. Seus longos dedos deslizam pelas teclas e ele olha pela janela enquanto toca, seus olhos percorrendo distraidamente os pântanos lá fora. As notas do piano são hipnotizantes e graves, delicadas, altas e tudo o que há no meio disso.

Ele não sabe que estou aqui, e quero manter as coisas assim porque, neste exato momento, enquanto acha que ninguém está vendo, Dare Dubray parece absoluta e avassaladoramente vulnerável.

Parece aberto e casual, previdente e real.

É a primeira emoção de verdade que vejo nele.

Isso me deixa intrigada, especialmente porque não há nem sinal de sua arrogância tão característica.

Por um instante, esqueço sua grosseria de mais cedo. Só consigo pensar em como ele está diferente agora.

Essa é a pessoa que eu amo, a pessoa sem a qual realmente não quero viver.

Estou tão perdida em meus pensamentos sobre ele que nem me dou conta de que já parou de tocar. Quando percebo, ele já está olhando para mim, e a guarda já está montada outra vez naqueles olhos.

— Precisa de alguma coisa ou só está dando uma voltinha às três da manhã? — questiona, com a voz grave e calma.

Nego com a cabeça.

— Não, eu só estava indo à cozinha.

— Você deve ter se confundido. A cozinha fica do outro lado da casa — declara, tranquilamente.

Fui pega.

— Dare, qual é o seu segredo?

Porque eu preciso saber.

Ele olha para as teclas, para suas mãos, que as tocam.

— Eu não posso contar para você.

Aceno com a cabeça, porque eu esperava isso.

Dou meia-volta, depois paro.

— Você toca muito bem.

Ele não responde, e eu vou embora.

12

A luz da lua banha o corredor, iluminando a pesada mobília e os tapetes caros. Fico indiferente a ela quando deixo Dare ao piano e atravesso o corredor.

Preciso saber o que estão escondendo de mim.

Sinto como se todos soubessem, todos menos eu.

Dare.

Sabine.

Meu pai.

Até mesmo Eleanor.

Se eu fosse esconder alguma coisa aqui, onde a colocaria?

A resposta é imediata.

O escritório de Eleanor.

Ele surpreendentemente está destrancado e, em silêncio, decido entrar, pisando nos pesados tapetes até me pegar sentada em sua enorme cadeira. Daqui, eu me sinto no leme do navio e abro a gaveta próxima à minha perna esquerda. Pastas de arquivos aparecem, enfileiradas, esperando que eu as explore, então deslizo a mão por elas, procurando.

Meus dedos param no D.

Dare Dubray.

Quase hesito enquanto a puxo e abro, mas logo não sinto nenhum remorso. Ele sabe tudo a meu respeito. Eu também posso saber algo sobre ele.

Adair Phillip DuBray.

1,87 m. Cabelos castanhos, olhos castanhos.

Mãe: Olívia, falecida.

Pai: Phillip, falecido.

Padrasto: Richard II, falecido.

Ele está sozinho. Isso me atinge porque conheço a sensação. Seu arquivo é consideravelmente curto, com alguns parágrafos redigidos, dois deles rabiscados com linhas pretas pesadas, me impedindo de ler as palavras.

O que há de tão ruim que não possa ser exposto neste arquivo?

Fico confusa e agitada, mas logo meus olhos se estreitam quando chego ao trecho que discute sua parte da propriedade dos Savage.

Quando Richard I morreu, deixou a maior parte da propriedade para Calla Price (eu!) e Finn Price, mas há uma pequena parcela suficiente para Dare viver o resto da vida. Ele só herdaria mais se Finn e eu fôssemos considerados incapazes ou morrêssemos.

Eleanor aparentemente não herdou nada.

Isso me deixa totalmente em choque aqui, sentada, imaginando-a com aquele seu jeito tão militar e controlador. E ela ficou sem nada?

Mas eu... eu fiquei com tudo. Finn e eu.

Com a morte de meu irmão, sua parte veio para mim, e não para Dare.

Por quê?

Desconheço o valor da herança, mas, a julgar por Whitley e a limusine e a empresa da família, a Savage, imagino que valha uma fortuna.

Eu valho uma enorme fortuna.

Mas só se eu estiver em pleno gozo de minhas faculdades mentais.

Embasbacada, devolvo a pasta e penso em me levantar e ir embora, mas aí vejo meu nome.

Puxo o arquivo e, sem perder tempo, examino-o.

Calla Elizabeth Price.

Irmã de Finn. Cabelos ruivos, olhos azuis, 1,52 m de altura, vestido tamanho trinta e oito, sapatos trinta e seis. Estudou no colégio público de ensino médio de Astoria. Média acadêmica: 3,9. Alergias: castanhas.

Meus olhos continuam deslizando por minhas informações e chegam a algo mais importante. Saúde mental.

Seu irmão, Finn, foi diagnosticado por médicos americanos como esquizofrênico quando tinha cinco anos e tratado com Lithium e Haldol, além de doses ocasionais de Xanax para combater ataques de pânico. Os sintomas de sua doença são alucinações, delírios, alterações de humor, mania/depressão.

Calla, por outro lado...

— O que você está fazendo aqui?

Reconheço a voz de Sabine imediatamente, vinda de onde ela está parada, na passagem da porta, e discretamente fecho a pasta e a coloco na gaveta.

— Ah — Meu coração acelera — Estou procurando uma coisa.

Sabine não se movimenta, mas seus olhos escuros brilham na noite.

— O que você está procurando, filha?

Observo seu rosto, esperando-a acender a luz, pegar o telefone e ligar para Eleanor, fazer alguma coisa. Mas ela não faz nada. Fica parada na passagem, esperando minha resposta.

— Explicações — respondo sem me desculpar, sem sair de onde estou.

Sabine entra silenciosamente na sala, seu corpinho minúsculo atravessando o cômodo.

— Respostas que não são dadas livremente não são respostas — diz, mas cada palavra é um mistério.

Saio da cadeira, dou um passo, e mais um, e então paro.

— Você conhece as respostas, Sabine?

Ela inclina a cabeça, seu cabelo branco brilhando com a luz da noite.

— Eu sei mais do que muita gente, mas minhas respostas não são as que você gostaria — enfim diz.

— Eu temia isso — lamento. — Você sabe a que horas o Dare chegou em casa hoje à noite?

Sabine olha para mim com curiosidade.

— Eu não fiquei prestando atenção. Ele foi à cidade comprar flores para a mãe. E certamente passou algum tempo nas criptas. O Dare costuma fazer isso, filha. Você não foi a única a sofrer uma perda, sabia?

Eu sei.

— Tem alguma coisa que eu deva saber sobre a mãe dele? — sussurro, olhando para essa senhora idosa, implorando. — Sinto que há.

Sabine fica paralisada, sua mão enrugada apoiada sobre a mesa.

— Use o sentido que Deus lhe deu. Há uma razão para você ter os seus sentidos, todos temos. Ouça o que eles dizem. E tome cuidado para não voltar a ser pega no escritório de Eleanor.

Dizendo isso, a mulher se volta e vai embora, eu fico sozinha no cômodo gelado. Até o ar aqui se parece com Eleanor: pesado, severo, com cheiro de orquídeas. É sufocante e desagradável como a própria Eleanor.

Eu me apresso para sair. Depois que já atravessei o corredor, sinto uma vontade esmagadora de olhar para trás, e quando olho quase espero ver Eleanor ali, me observando.

Mas é claro que não tem ninguém.

Whitley está me afetando.

Caminho rápido na direção do meu quarto, e quando me aproximo ouço murmúrios vindos lá de dentro.

A voz de Finn.

Minha imaginação está solta e eu corro para dentro do quarto para encontrar meu irmão no chão, se debatendo e murmurando palavras que não consigo entender.

Ele olha para mim com seus olhos azuis e selvagens e eu me abaixo ao seu lado.

— Finn, respire. Você consegue respirar, você está bem. Eu estou bem. Você está bem. Vai ficar tudo bem.

— Não — ele sussurra. — Não, não, não.

— Venha cá — tento convencê-lo. — Você está bem. Finn, você está bem.

Finn se senta e seus olhos estão vidrados, aparentando loucura. Ele não está na realidade agora, isso fica claro.

— Um por um por um — murmura, se virando para olhar pela janela. — Ouviu, Cal? Esses são eles. Um por um. Eu sou um, você é um, ele é um.

— Quem é *ele*, Finn? — pergunto, já imaginando a resposta.

— Ele — Finn responde, impaciente. — Aquele com olhos negros, Cal. Você sabe quem. Um por um por um. O desafio foi lançado. Foi lançado, foi lançado.

— Está tudo bem com você, Finn — digo, calmamente. — Está tudo bem. Eu estou aqui.

Você está morto e eu estou imaginando a sua presença.

Eu consigo controlar meus pensamentos.

Mas não consigo.

Porque eu faria Finn sumir e

Ele ainda está aqui, se debatendo no chão.

Ele murmura por mais um tempinho e depois curva o corpo, apoiando a cabeça no meu colo. Acaricio suas costas e ombros, tentando acalmá-lo. É estranho quão facilmente consigo lembrar a sensação de seus braços, a facilidade com a qual consigo visualizá-lo, mesmo agora.

— Os olhos dele são negros, Cal. Os olhos dele são negros.

Finn deixa seu rosto virar para o lado e suas mãos se apertam na frente do corpo com tanta força a ponto de deixar os nós dos dedos pálidos.

— Ele é perigoso, Cal. Os olhos dele são negros. Negros, negros, negros.

Ele está encarando e eu sigo seu olhar e me espanto quando encontro Dare parado à porta, nos observando.

Ou *me* observando, já que Finn não está realmente aqui.

Ele é perigoso, Cal.

Os olhos de Dare são tão escuros que, com a luz certa, de fato parecem negros.

— Dá licença — diz, se afastando. — Está tudo bem? Precisa de alguma coisa?

Nego com a cabeça. Ele vai embora e eu fico cambaleante.

Os olhos dele são negros, Cal. Ele é perigoso.

Suponho que seja.

É por isso que me senti tão desconfortável, como se ele estivesse escondendo alguma coisa.

Ele é perigoso.

Mas por quê?

Só sei que, quando ele apoiou o corpo no batente da minha porta, uma coisa brotou em minha mente.

Ele é uma arma carregada de destruição.

E, se eu não for cuidadosa, essa destruição será a minha.

13

Assisto a Finn andando tranquilamente pelo riacho que ladeia a parte de trás dos jardins e me pego pensando em como está diferente hoje, se comparado à noite anterior.

Ontem ele estava desesperado, fora de si.

Hoje está calmo e tranquilo.

Como mágica.

Talvez você pense que eu possa controlar suas ações, já que o estou imaginando, mas parece que, como sempre, Finn faz o que quer.

— Não tem problema nenhum em fingir que o seu irmão ainda está aqui.

Surpresa, eu me viro e encontro Sabine se aproximando por trás. De algum jeito, ela sempre parece se movimentar em silêncio pelos cômodos de Whitley e aparecer quando menos a espero.

— Como você sabe? — pergunto, as bochechas vermelhas de constrangimento.

Somente uma pessoa louca faria algo assim, mas Sabine não age como se eu fosse louca. Ela se mostra calma, tranquila, respeitosa.

— Contanto que você saiba a diferença entre a realidade e os seus pensamentos, está tudo bem — diz, tranquilamente, como se fosse uma convidada à mesa do Coelho Branco.

Engulo em seco porque eu sou o coelho.

— Você sabe que ele está em paz agora — Sabine fala, se sentando ao meu lado. — O garoto era perseguido por demônios. Agora isso não acontece mais.

Respiro fundo e lanço um olhar para ela.

— Como você sabe disso?

Sabine encolhe o ombro.

— Eu sei das coisas.

Engulo em seco. Sinto que ela sabe das coisas. Há tanto em seus olhos, tantas verdades. E isso me assusta um pouco.

— Ele começou a ver coisas quando nós estávamos no jardim de infância — explico baixinho, as lembranças amargas na minha boca. — Ele via demônios. Passou anos vendo demônios. Agora está medicado. Quer dizer, estava antes de morrer. Às vezes ele esquecia de tomar os remédios...

Sabine assente e eu sei que ela entende. De algum jeito.

— É bom você estar aqui — ela afirma, séria. — Longe da morte. A sua mãe também acharia isso.

Olho rapidamente para ela.

— Você acha?

— Sim — Sabine confirma. — Eu a conhecia bem. Ela iria querer que você se concentrasse em si mesma aqui, sem sentir o cheiro da morte no ar. Seria bom para qualquer pessoa. Sabe, nós absorvemos a energia que existe à nossa volta. A energia nunca desaparece. Ela só passa de uma coisa para outra e depois para outra.

Na verdade, isso faz sentido. Aliás, é um fato científico. A lei da conservação de energia afirma que a energia não pode ser criada nem destruída, apenas muda de forma. Aqui, do lado de fora da casa, ela é calma e tranquila.

Sem dúvida devo absorver um pouco dessa energia.

— Onde você acha que o meu irmão está? — pergunto, hesitante. — Quer dizer, já que a energia não pode ser destruída.

Sabine cruza os braços.

— Você o leva consigo — responde, confiante.

Mexo nervosamente os dedos.

— Eu sei. Eu... sim. Mas onde você acha que ele realmente está?

Sabine desvia o olhar, olha para o horizonte e, quando responde, fala de forma lenta e enfática.

— Eu tenho muitas crenças, Calla. E acho que você não quer ouvir todas. Mas saiba que você não está sozinha. Você nunca está sozinha.

Para dizer a verdade, não sei se essa ideia é reconfortante.

Mas ela já está mudando de assunto.

— Eu sou especialista em ervas, senhorita Price. Aprendi com a minha mãe, que aprendeu com a mãe dela, que aprendeu com a mãe dela, e assim por diante. Posso te oferecer um chá para ajudar a dormir. Uma pena eu não ter conhecido o seu irmão. Tenho a sensação de que poderia ajudá-lo.

Imediatamente nego com a cabeça.

— Acho que não. As suas ervas poderiam interagir com os medicamentos dele. O meu irmão tomava remédios muito fortes. Ele tinha alguns dias de muita loucura.

Mas quem sou eu para falar?

— Nunca se sabe — Sabine diz. — Mas tenha certeza de uma coisa: você não deveria menosprezar o seu irmão chamando-o de louco. Pessoas como ele, pessoas que sofrem com esse tipo de dor, têm a mente aberta. Elas veem as coisas como de fato *são*, e não como aparentam ser.

Agora me pego confusa e um pouco assombrada.

— Então você está dizendo que os demônios que o meu irmão via eram de verdade?

Até eu mesma percebo o humor e a condescendência em minha voz, e tento evitá-los. No mínimo, Sabine é mais velha e eu devo respeitar isso. Ela encolhe o ombro.

— Talvez. Quem somos nós para dizer? Pessoas como Finn têm uma tendência maior a confiar nas suas intuições. São muito intuitivas. Você deveria aprender a ser um pouco mais assim.

Balanço a cabeça e ela ri.

— Eu não quis ofender, obviamente — continua.

— É claro — murmuro.

Por algum motivo, enquanto a brisa sopra pelos gramados, minha atenção se volta ao horizonte, onde sei que um mausoléu solitário existe, esquecido pelas pessoas que vivem em Whitley.

— Como o meu avô morreu? — pergunto de repente, mudando de assunto enquanto penso na cripta solitária.

Sabine não vacila.

— Ele sofreu um acidente de carro na chuva.

— E o meu tio?

Ela me encara, seu olhar inabalável.

— Também sofreu um acidente de carro.

— Na chuva?

— E aqui para de chover? — Sabine responde com uma pergunta.

Eu suspiro.

— É uma grande coincidência. Pai e filho morrerem em acidentes de carro.

Sabine dá de ombros, sem se preocupar com isso.

— O universo tem um jeito curioso de trabalhar, senhorita Price.

— O que você quer dizer com isso?

A mulher idosa olha para o horizonte, vê coisas que não consigo ver.

— O universo cuida das iniquidades, das pessoas que foram enganadas, das injustiças que o mundo não corrige. Eu só quis dizer isso.

Eu expiro e minha respiração sai ligeiramente trêmula.

— Isso é tudo? É uma crença e tanto. Parece que você está dizendo que as pessoas podem ser amaldiçoadas pelo universo.

— É exatamente o que eu estou dizendo — ela confirma. — É verdade. Sinto muito se isso te assusta.

— Eu não estou assustada — explico. — Só acho que não acredito nas mesmas coisas que você.

Agora Sabine oferece um sorriso, e a única coisa que me faz sentir medo é seu sorriso grotesco. Não é nada agradável.

— É claro que você já viu coisas injustas — aponta. — Crescendo onde cresceu. Tenho certeza de que viu mortes que não foram justas. Recém-nascidos, crianças, mães jovens, pais jovens... Você nunca se perguntou o que faz essas mortes acontecerem?

Estupefata, olho para ela.

— A vida não é justa, Sabine — digo, com firmeza. — É simples assim. As pessoas nem sempre merecem o que acontece com elas. Nem de longe. — Penso em meu irmão, nos demônios que o perseguiam. — *Nem de longe.*

Sabine continua inabalada.

— Há momentos em que nós pagamos por pecados que não são nossos — afirma. — O universo sempre funcionou assim.

Reflito sobre essa ideia por um instante, penso em meu pai carinhoso e em minha mãe adorável. É impossível que algum deles possa ter cometido um pecado pesado o suficiente para Finn ter pagado como pagou. Por fim, nego com a cabeça, para deixar claro que não acredito nisso. Sabine oferece um leve sorriso.

— Pense no Adair, por exemplo — ela recomenda. — Esse menino nunca fez nada errado. Mesmo assim, os pais dele morreram. O pai morreu de câncer, e a mãe se casou outra vez, com Dickie Savage. Ele não era um homem bom, e a infância de Dare não foi fácil. O Dickie morreu, depois a Olívia, e o Dare ficou sozinho. Você acha que ele merecia tudo isso?

Balanço a cabeça lentamente.

— Não sei. Eu não sei o que ele merece.

— Use a sua intuição, Calla — Sabine aconselha, e não consigo não me lembrar da vulnerabilidade no rosto de Dare na noite em que o vi tocando piano sob a luz da lua. Não consigo não visualizar aquele rosto *que eu amo*.

— Não — admito. — Acho que ele não merece essas coisas.

Como é que alguém poderia merecer algo assim?

— Às vezes o filho tem que pagar pelos pecados do pai. Ou da mãe — Sabine acrescenta.

Esse pensamento me deixa paralisada, a injustiça existente nele.

— Não parece muito justo — digo, puxando uma flor do canteiro ao meu lado.

— A vida não é justa — Sabine responde. — Essa é a primeira lição amarga.

Ela amassa a flor que está segurando em sua mão enrugada, depois joga o emaranhado de pétalas no chão, aos meus pés.

— Não se esqueça disso — continua.

Ela vai embora enquanto Finn se aproxima, trazendo o interesse estampado em seus olhos imaginários.

— O que ela estava dizendo? — pergunta enquanto toma o assento que Sabine deixou vago.

Balanço a cabeça.

— Nada importante — minto. — Ela é esquisita, Finn. Não sei o que pensar dela.

— Nem eu — ele responde. — Ela me deixa meio assustado.

Isso vindo do garoto que vê demônios.

— Mamãe confiava nela — ele continua. — Talvez você também devesse confiar.

Confirmo com a cabeça. Talvez.

— Ela disse que você tem uma boa intuição — conto a ele. — E aí, o que o seu instinto diz sobre ela?

Ele me oferece um sorriso.

— Ah, então ela vê a sabedoria que pessoas como eu têm? — Ele fecha os olhos e finge estar pensando em algo, a testa fica enrugada. — Eu acho... Ela é esquisita. E eu me reservo o direito de só julgar mais tarde.

— Covarde — acuso.

Seu sorriso fica mais largo.

— É um direito meu. Aparentemente eu sou o sábio aqui.

Reviro os olhos.

— Que Deus nos ajude.

Entramos para um almoço rápido, durante o qual nem Eleanor nem Dare nos acompanham. O ambiente está extremamente silencioso, com exceção dos barulhos da mastigação e da prata roçando a porcelana.

— Você não acha esquisito o fato de nunca vermos a Eleanor? — pergunto a Finn quando terminamos.

Ele dá de ombros.

— Não me importo nem com ela, nem sem ela. Para ser sincero, eu meio que fico feliz por não estar aí com você. Não quero ter que lidar com a Eleanor.

— Nossa, obrigada.

Mas eu entendo.

E não o culpo.

Desta vez, nem acho que seja uma coisa de irmãos gêmeos. Tenho certeza de que todos devem se sentir assim com relação a Eleanor.

Antes de ir para a cama, tento telefonar para meu pai, mas a ligação não completa. Aparentemente não tenho sinal no celular.

— Talvez eu vá amanhã à cidade e tente de lá — comento enquanto pego meu pijama para ir me trocar no banheiro.

Finn me observa com uma expressão cômica.

— Ou talvez você pudesse simplesmente ligar para ele usando o telefone fixo daqui.

Meu rosto repuxa.

— Não sei o motivo, mas me sinto estranha quanto a essa ideia. Como se alguém estivesse ouvindo. Sempre.

— Todo mundo está errado — ele de repente anuncia. — A louca é você, Cal. E não eu. Por que as pessoas poderiam querer ouvir os seus telefonemas?

— Não sei — tenho que admitir. — Só sinto que elas estão ouvindo. Não posso controlar essa sensação.

— Não, não pode. Mas você pode controlar a sua forma de processar as sensações — ele me diz, esperançoso. — Acredite, você não quer ser louca, Calla.

Sem dizer mais uma palavra, saio para vestir o pijama. Quando volto, ele já está ajeitado de um lado da minha enorme cama. Não é nada verbalizado, mas ele vai ficar comigo enquanto durmo. Ele sabe que não gosto de ficar sozinha aqui. Este lugar enorme me faz sentir pequena.

Apesar de meu pai não ter respondido a nenhuma das minhas cartas até agora, escrevo outra vez para ele. Escrevo até não conseguir mais manter os olhos abertos, mas, mesmo estando exausta, meu sonho não é tranquilo.

Os sonhos com Finn me consomem. Seu rosto, seus braços magros e pernas enquanto ele corre de alguma coisa. Com horror, percebo que está correndo *de mim*.

— Você não entende — ele grita por sobre o ombro, correndo na direção dos penhascos.

Seriam os penhascos da nossa cidade?

— O que é que eu não entendo? — grito em resposta, a chuva batendo no meu rosto, ensopando minhas roupas.

— Como é estar no meu lugar! — Sua voz é rouca e gritada.

Ele desce a montanha, e de repente Dare está ao seu lado, e eles estão correndo juntos, uma frente unida, os dois se juntando contra mim.

— Fique longe! — Dare grita. — Você só está piorando as coisas.

— Piorando que coisas?

— Tudo — ele me responde, seu lindo rosto sério. — Apenas fique longe. É o melhor que você pode fazer. Eu vou ser a sua queda.

— O fim é o começo, Calla — meu irmão acrescenta. — Por favor. VOLTE. *Volte, volte.*

— Voltar para onde? — grito. — Para casa? Eu quero, mas não posso. Não sem você, Finn.

Isso é um sonho?

As cores são verdadeiras, a voz de Finn é alta e o rosto de Dare é lindo.

— O começo — Finn berra. — O fim é o começo. Você não entende?

Eu me sento na cama, arfando, as mãos agarrando os lençóis.

Finn está morto. Ele não está na montanha, nem eu estou.

Estamos seguros.

Não estamos?

Já não sei mais. Uma sensação esmagadora de desassossego me cerca, e é impossível dormir o restante da noite.

Quando saio para minha caminhada matinal, encontro Sabine outra vez. Parece que ela sempre está por perto.

— Já encontrou o jardim secreto? — pergunta.

Isso atrai a minha atenção.

— Jardim secreto?

Ela sorri.

— Fica no final da estrada que leva aos estábulos, a alguns quilômetros da casa. Pegue uma bicicleta e vá visitá-lo. Fica dentro de um muro de pedra e você vai se sentir sozinha lá, eu garanto. Fica escondido da casa.

Parece ser algo digno de um livro de histórias, então faço exatamente o que ela diz. Pego uma bicicleta no estábulo e sigo o caminho.

Ele termina exatamente como Sabine descreveu, com um jardim protegido por um muro de pedra, alto demais para eu conseguir enxergar o que há do outro lado. Tem um portão de madeira, e, sem hesitar, eu o abro, fazendo as dobradiças rangerem.

Lá dentro fico boquiaberta, paralisada, olhando em volta.

O jardim é, ao mesmo tempo, natural e cultivado, paisagístico e enorme. Tomado por cores vibrantes e cheiros, é uma joia escondida entre paredes, absolutamente lindo.

— Mas que... — Arfo.

Não tenho ideia de quem toma conta deste lugar. Quem consegue deixá-lo parecendo tão natural e tão perfeito.

Avisto um gazebo fechado, com pilares de pedra, e vários anjos de pedra. Eles parecem guardá-lo, observando com olhos cegos. E me deixam um pouco desconfortável, mas talvez seja porque têm quase três metros de altura.

Há bancos espalhados aqui e acolá e pequenas fontes de água. Pássaros e grilos cantam, e o som da água me acalma. É perfeito.

— Vejo que você encontrou meu santuário.

A voz é profunda, e, antes mesmo de me virar, já sei quem é.

Dare.

— Este lugar é seu? — pergunto, mas ciente de que isto aqui já existia muito antes de ele nascer. Provavelmente foi criado para minha mãe.

— Agora é — responde, dando de ombros. — Eu sou o único que vem aqui. Ou era, até hoje.

— Você não parece ser o tipo de cara que gosta de jardins — observo, olhando para sua calça feita sob medida e seu suéter de gola V.

O canto da boca de Dare repuxa e a brisa bagunça seu cabelo.

— Talvez não. Mas sou o tipo de cara que gosta de privacidade. E este lugar é justamente isso. Além do mais, é o único lugar de toda esta propriedade que não é assustador.

Não posso discordar. Aqui parece o único raio de sol em um dia perpetuamente nublado. E, embora eu tenha vindo para ficar sozinha, tenho que ser sincera e admitir que não me importo em dividir o jardim com Dare, mesmo achando que eu deveria mantê-lo distante.

— Você trabalha? — pergunto repentinamente, quando me dou conta de que ele está andando por um jardim às dez da manhã.

Dare abre um sorriso, um sorriso enorme que se espalha pelo seu rosto. Um sorriso tão iluminado quanto o sol, que me delicia.

— Depende da sua definição. Você não sabia que os Savage estão acima da ideia de trabalho?

— Mas você não é um Savage — aponto, hesitante.

Ele é suscetível a isso?

Dare sorri outra vez, autêntico e desorientado.

— Não, eu não sou. Mas você é. Vai ter que se acostumar a simplesmente ter dinheiro e fingir que faz coisas que valham a pena.

— Eu quero realmente *fazer* coisas que valham a pena, não apenas fingir — digo com firmeza.

Ele olha para mim antes de se sentar com elegância em um banco.

— Eu acredito em você — ele responde.

Eu me sinto desajeitada de pé, enquanto ele se senta tão casualmente. Minha presença não deve afetá-lo como sua presença me afeta.

— O que você faz o dia todo? — pergunto, desconfortável com o silêncio.

Ele ergue o olhar na minha direção.

— Tento arrumar o que fazer para me ocupar. Já faz muito tempo desde que estive aqui antes de você. Para falar a verdade, com meus velhos hábitos deixados de lado, eu fico à deriva.

— Seus velhos hábitos?

Seus lábios repuxam.

— Em outros tempos não me perguntariam *o que* eu fazia o dia todo, mas *com quem* eu fazia.

Misericórdia.

— Eu não precisava saber disso.

Aliás, essa informação me deixa um pouco nauseada.

Seus lábios repuxam outra vez.

— Você disse que não queria segredos. Imagino que uma conversa normal lhe faça bem. Eu não era legal. Mas aí *você* apareceu.

— E agora?

— Continuo não sendo legal, mas agora *estou* com você.

— Sinto a sua falta — sussurro duramente, porque, meu Deus, como eu sinto.

Sinto falta de tudo dele. Seu cheiro, seus braços, a tatuagem que diz "VIVA LIVRE" em suas costas. Sinto falta de tudo dele.

Com um movimento ágil, ele baixa a cabeça, e, antes que eu me dê conta, sua boca está tocando a minha. Seus lábios são firmes, mas suaves, e têm um sabor mentolado. Expiro em sua boca, quase um suspiro, e ele apoia a mão nas minhas costas.

Então, de forma abrupta, Dare me solta.

— Também sinto a sua falta.

Inspiro tremulamente, combatendo a necessidade de levar os dedos à boca, de sentir onde seus lábios acabaram de tocar.

— Por que você fez isso? — sussurro, sem reclamar, mas muito, muito confusa.

Também há confusão em seus olhos.

— Porque, não importa o que aconteça, eu me recuso a perder você.

E então ele me deixa parada sozinha no jardim.

14

Passo um tempo enorme sozinha no jardim.

Aliás, a tarde já começa lentamente a se transformar em noite, o horizonte vermelho e laranja e âmbar, antes de eu enfim voltar para dentro da casa, agora com a cabeça mais limpa e o coração leve.

Meus dedos deslizam pelos meus lábios, pela memória do beijo ainda fresco de Dare.

O jardim afastou aquela sensação pesada que costumo carregar, o pressentimento e o medo. Por agora, neste momento, quando penso em Dare, só consigo pensar em *desejo*.

Eu o desejo.

Independentemente das consequências.

Sejam lá quais forem essas consequências.

Mas a sensação não dura muito.

O homem estranho surge à minha frente no caminho, ainda usando calça cinza e blusão com o capuz bem apertado em volta do rosto.

Minha respiração falha e eu paro nas pedras, parte de mim querendo correr para longe e parte querendo persegui-lo.

Eu com certeza devo estar louca, afinal não sinto medo, mesmo sendo uma mulher andando sozinha e sabendo que esse homem estranho claramente não deveria estar aqui.

Alguma coisa nele parece solitária e triste,

E eu posso me identificar com isso.

Seria o filho do caseiro, talvez?

Ele continua no caminho, esperando, e sinto que quer que eu o siga.

— Quem é você? — eu grito, dando um passo.

Ele vira o rosto, lentamente... lentamente... lentamente... e justo quando acho que vou vê-lo, que vou ver seu rosto, ele para. Sua identidade continua fora da vista, exatamente como ele quer.

Ele quer fazer um joguinho.

O rapaz se vira e se apressa pelo caminho.

Mas, quando começo a segui-lo, ele espera.

Ele quer que eu o siga.

Ele dá um passo, e eu também. Depois mais um, e mais um.

Trago comigo uma curiosidade impressionante, maior que nunca, e me sinto compelida a segui-lo, mesmo contra meu julgamento lógico, para entrar em seu jogo e ver aonde isso vai me levar.

A bruma se espalha pelo caminho, escondendo as pernas do rapaz, mas ele logo está dentro da casa e desaparece nos corredores. Grito para ele parar, mas ele não para.

Apenas entra em um corredor.

Eu o sigo.

E ele vira outra vez, e outra vez.

Por fim, está em frente à porta do quarto de Sabine. Olha para a porta, sua testa quase descansa na madeira.

E então, quando o alcanço, ele desaparece.

Fico aturdida e confusa, sozinha diante da porta de Sabine.

O rapaz era tão real quanto eu, mas ele simplesmente não está aqui.

Eu estou loucaloucalouca.

Respiro fundo porque uma coisa é certa na minha mente: real ou não, ele queria me levar até a porta de Sabine.

Mas por quê?

Bato à porta, disposta a descobrir.

— Entre — a senhorinha convida.

Estou hesitante e amedrontada. Contudo, minha necessidade por descobrir é mais forte que meu medo.

Entro nos aposentos e encontro Sabine curvada sobre uma mesa. Está concentrada, absorta, com alguma coisa nas mãos.

Sabine agora ajeita a coluna e posso ver o que está segurando.

Cartas de tarô.

— Ele não vai ferir você — ela diz, sem se preocupar com minha agitação. — Pelo menos não por enquanto. Você precisa confiar nas minhas palavras.

Ela também o viu?

— Mas não confio — respondo. — Eu não conheço você.

Minha mãe confiava nela. E essa é a diferença. Sabine arfa, mas não responde.

— Quem era ele? — pergunto, me aproximando de onde Sabine está.

Ela nega com a cabeça e volta sua atenção às cartas sobre a mesa.

— Os jovens desperdiçam a juventude — declara antes de cantarolar uma música fora do tom. E coloca outra carta sobre a mesa, e mais uma. — Use os seus instintos, menina. Foi para isso que Deus os deu a você.

Meus instintos não estão dizendo nada neste momento. *E por que eu não estou com medo?*

Não faz sentido, então apenas observo a mesa.

As cartas de tarô são douradas, brilham com a luz fraca que entra pela janela. Os desenhos nas cartas são de cores vibrantes, vermelhos e azuis e verde-escuros. Parecem tão místicos, tão poderosos e proibidos. Apesar de tudo, eu me pego intrigada.

A carta que ela segura tem um cavaleiro que parece preparado para engolir um punhado de espadas. Sabine percebe que o observo.

— O quatro de espadas — anuncia, sem erguer o olhar. — Significa descanso depois de um longo período de estresse ou dor.

Ela puxa outra carta, que encobre parcialmente o quatro de espadas.

— Este é o seis de espadas — explica, ainda sem olhar para mim. — Ele simboliza deixar para trás águas agitadas e começar a navegar por águas mais calmas. Se alguém está passando por tempos conturbados, esta carta significa que logo as coisas vão melhorar, que a harmonia logo vai ser restaurada.

— Você está lendo as cartas de quem? — pergunto, tentando não parecer interessada demais. — As suas próprias?

Ela nega brevemente com a cabeça.

— As do seu irmão.

Puxo uma lufada de ar.

— Finn?

Ela assente sem dizer nada, examinando o conjunto de cartas à sua frente.

— Ele está morto. Qual é o propósito disso?

Ela me ignora e continua examinando as cartas como se eu não tivesse dito nada.

Espero pacientemente, contando minha respiração, até ela enfim erguer o olhar.

— Valete de copas. A água é o elemento do seu irmão. Ele tem a vulnerabilidade de uma criança e também confia nas pessoas como uma criança. Tem um bom coração, é atencioso, gentil. Também tem o dom artístico e o da criatividade. É bastante intuitivo, mas as críticas acabam com ele. Não tem muitos amigos porque é meio incompreendido pelos outros. Isso se parece com ele?

Só totalmente.

Confirmo com a cabeça.

— Sim, um pouco.

Sabine assente com ares de quem sabe muito e pega uma última carta. Olha para ela e sorri.

— São boas — me diz, aparentando estar satisfeita. — Eu gosto das cartas do seu irmão.

— Mas... ele está morto — insisto, muito, muito, muito confusa. — Ele morreu.

— Deus, menina — Sabine exclama, sacudindo a cabeça. — Nós já não conversamos sobre isso? A energia nunca se desfaz.

— A energia aqui em Whitley me dá medo — comento, hesitante. — É obscura e tem alguma coisa aqui que eu...

Sabine levanta a cabeça e me fita com olhos pensativos.

— Que você o quê?

Desvio o olhar.

— Não sei. Eu me sinto nervosa aqui. Perturbada.

— Você fez bem em vir para cá — ela por fim responde. — Era o único caminho.

— O único caminho para quê?

Acho que tenho medo de descobrir a resposta.

— Isso você vai ter que descobrir — Sabine afirma, com prudência. — É você quem vai saber.

Mais uma vez, sinto como se tivesse caído na toca do coelho e não sei ao certo quem é a louca, Sabine ou eu mesma.

Neste momento, eu apostaria meu dinheiro em Sabine.

— Sente-se — ela convida. — Eu vou ler as suas cartas.

— Não precisa — rejeito, já me afastando. — Sério.

Ela me olha sem dizer nada até eu finalmente suspirar e afundar na cadeira à sua frente. O que ela vai dizer pode ser um monte de bobagens, mas não vai fazer mal a ninguém.

Provavelmente.

Sabine embaralha as cartas, depois as oferece para mim.

— Puxe uma.

Eu puxo, e ela divide o baralho onde eu toquei.

Uma a uma, ela metodicamente ajeita as cartas em formato de cruz.

— O três de espadas — murmura. — Significa que você está separada de alguém que ama.

— Minha mãe e Finn — comento, assentindo.

Sabine arfa.

— Sim, mas também está separada de outra pessoa que ama, e é uma separação autoimposta. Você não precisava fazer isso, mas fez. Curioso.

Dare. Sua perda é tão dolorosa quanto as outras.

Ela enfia o nariz outra vez nas cartas.

— Seis de paus. — E levanta a cabeça. — Os frutos do seu trabalho de alguma forma vão chegar. Os seus esforços vão garantir o sucesso.

— Meus esforços com o quê?

Ela não responde. Já está lendo a próxima carta.

— Hum, interessante. — Ela segura a carta na mão e depois me encara. — Nove de copas. Ela às vezes é chamada de "carta do desejo". Alguma coisa que você deseja vai se realizar.

— O que eu desejo? — pergunto baixinho.

Só tem uma coisa que desejo mais que tudo: Finn ainda estar vivo. E as malditas cartas de Sabine não podem fazer nada quanto a isso.

Um pequeno sorriso brota em seus lábios.

— As cartas não me dizem. Isso é você que tem de saber.

Ela puxa a próxima carta.

— Ah, eu esperava que esta aparecesse. A Alta Sacerdotisa. Ela simboliza a dualidade das forças, a lua e as estrelas. A Alta Sacerdotisa pode acessar a psique e o consciente, pode desafiar as leis naturais. Mas também representa mistério e segredos.

— E o que isso significa na minha língua? — pergunto, como uma boba.

— Significa que você e o Finn são metades de um inteiro. Também significa que você não conhece a si mesma ainda, que você tem muitas partes. O restante você precisa descobrir sozinha.

Eu suspiro.

Sinto seu olhar em mim.

— Esta aqui é interessante. Os Enamorados.

Ergo violentamente a cabeça.

— E o que significa?

Sabine olha outra vez para a mesa.

— É autoexplicativa.

O calor se espalha pelas minhas bochechas e eu bato a mão na perna.

— Essa deve estar errada.

— Eu não cometo erros — Sabine rebate. — Tome cuidado com ele, filha. É um bom garoto, mas vai ser a sua ruína.

Surpresa, sinto um calor invadir meu corpo. *Ele vai ser a minha ruína?* Quanto drama.

— Não sei do que a senhora está falando — nego, mas sei muito bem o que Sabine quer dizer.

Ela me observa por um instante.

— É claro que sabe — murmura, mas não diz mais nada porque sua atenção já está voltada para a última carta, e eu só consigo vislumbrar um crânio negro antes de ela virá-la rapidamente.

— O que era essa? — pergunto curiosa, mas, quando percebo sua expressão, meu estômago afunda.

Sabine parece claramente abatida.

— Não é nada.

Mas definitivamente era *alguma coisa*. Essa senhorinha sempre calma está visivelmente abalada enquanto arruma as cartas em uma pilha antes de colocá-las na gaveta.

— Volte na próxima semana — sugere, com a voz fraca. — Para outra leitura, filha. O tarô pode mudar.

Ela soa quase esperançosa de que as cartas serão diferentes.

Curioso.

Deixo Sabine em seus aposentos e retorno ao meu quarto. Ligo o notebook e não consigo não fazer uma busca pelas cartas do tarô para descobrir o que significava a última e misteriosa carta.

Em questão de minutos encontro uma carta parecida, com um crânio escuro usando um capuz preto.

Meu coração acelera quando leio o significado.

É a Morte.

15

Há um milhão de relógios.

Eles cobrem todas as paredes e estão todos fazendo tique-taque-tique-taque-tique-taque. Protejo as orelhas e dou meia-volta, tentando me livrar do tique-taque, tentando me livrar de todos os ponteiros e minutos e segundos. Mas não há nenhuma porta. Não há saída. Não sei onde estou, só sei que o tempo é meu inimigo e os relógios estão me atormentando.

Então os relógios se transformam no rosto de Dare, todos eles. Seu sorriso zomba de mim e é replicado um milhão de vezes, e sua voz surge.

— Pergunte para mim, Calla Copo-de-Leite.

— Não consigo — respondo. — Eu tenho medo.

— Não tenha medo de mim — ele diz. — Não sou o inimigo. O tempo é.

— Como eu saio daqui? — pergunto, correndo de um canto a outro.

— Você é a única que sabe — Dare ri. — Que pergunta mais boba.

Sua risada ecoa e eu acordo assustada.

Preciso de um minuto para digerir o sonho, para aceitar o fato de que, de alguma forma, eu estava fugindo do tempo.

Que coisa estranha.

Não consigo voltar a dormir, então me visto mais cedo e vou à sala de refeições para tomar café da manhã. Espero encontrá-la vazia, mas tenho a desagradável surpresa de me deparar com Eleanor.

Ela assente para mim da ponta da mesa.

— Bom dia — cumprimento educadamente enquanto me sento.

— O que tem de bom? — ela rebate, passando manteiga no croissant.

Nem me surpreendo. Francamente, eu não esperaria nada menos de Eleanor do que um questionamento de quão bom será um dia que mal começou.

Antes que eu consiga pensar em uma boa resposta, a voz de Dare preenche a sala.

— Bom dia. — Ele tem voz de barítono.

Eu o absorvo antes de responder:

— O que tem de bom?

Mantenho a voz educada e Dare arqueia uma sobrancelha enquanto se senta à minha frente, no lugar que Eleanor lhe designou.

— Talvez seja bom — ele me diz. — Quem sabe?

Ao olhar para ele, não vejo apenas o maxilar esculpido e o rosto lindo. Vejo um fruto proibido. Alguém que eu amo, mas que não devia amar... por motivos desconhecidos.

Esse garoto vai ser a sua ruína.

Que Deus tenha misericórdia. Dou uma mordida na minha fruta, tentando não pensar em como ele tem povoado meus sonhos nos últimos dias. Ninguém além de mim precisa saber disso.

Dare toma um gole de café, e Eleanor nos surpreende falando com ele.

— Você tem cavalgado nos últimos tempos, Adair?

Muito relutante, Dare lentamente olha para ela.

— Não, nunca foi minha atividade preferida. Por quê?

Ela exibe um ar de superioridade e olha para Dare, desaprovando-o.

— A sua mãe iria gostar de vê-lo cavalgando.

Dare engole o café e fixa o olhar sombriamente na matriarca dos Savage.

— Não, *o Richard* gostava de me ver cavalgando. A minha mãe queria que nós agradássemos a ele.

Dare soa enojado com a ideia, a também com o nome do meu tio. O que faz meus pensamentos girarem. O que exatamente Richard fez a ele?

— Bem, não importa. Eu sei que Calla não sabe andar a cavalo e gostaria que você ensinasse a ela. Jovens educadas devem ter essa habilidade.

Praticamente engulo minha uva inteira.

— Não é necessário — digo, quase engasgada. — Não preciso aprender.

— Claro que precisa — ela rebate, e posso ver que discutir é inútil.

Ela se levanta, empurra a cadeira para trás e a conversa chega ao fim. Claramente eu vou aprender a cavalgar, e Finn não vai, porque é assim que Eleanor quer.

O que Eleanor quer Eleanor tem.

Isso é algo que estou aprendendo rápido.

Dare me encara, há humor em seus lábios, e não consigo saber o que ele está achando engraçado. O fato de eu ter que passar tempo com ele ou de eu ser controlada por Eleanor, assim como todos os outros?

— Podemos começar esta manhã — ele oferece antes de mordiscar um pedaço de torrada com geleia.

Dare inadvertidamente suja um pedacinho do lábio e uma parte minha quer limpar para ele, mas eu resisto, é claro, porque ele é um idiota.

— Está bem — respondo, conseguindo soar entediada e irritada.

Porque é assim que me sinto.

Não vou deixar que ele me afete. Não vou.

É algo que ainda estou repetindo a mim mesma enquanto Dare me ajuda a montar na sela, meia hora depois. Meu traseiro é empurrado deselegantemente na direção do seu rosto e não há nada feminino em mim enquanto me ajeito na sela. Não há nada em que me segurar, então, sem cerimônia e desajeitadamente, luto para arrumar uma posição.

— O mais importante é manter o equilíbrio. — Dare me olha com dúvida enquanto me espalho em cima do enorme animal. — Aperte o cavalo levemente com as coxas. Finja que sou eu, Cal.

O calor me invade e eu desvio o olhar, tentando não lembrar a sensação de estar com ele, de tê-lo sobre mim durante a noite.

Meu estômago afunda e os lábios de Dare repuxam, como se ele soubesse exatamente o que estou pensando.

— Mantenha as rédeas retas, não soltas demais — ele continua. — Sente-se com a coluna reta. Não fique nervosa ou o cavalo vai sentir. O nome dele é Jupiter's Many Moons, mas nós o chamamos de Júpiter por motivos óbvios. Ele é domado e não vai derrubar você. Perguntas?

Dare não espera, apenas afunda os calcanhares nos flancos do seu animal e parte em um trote rápido. Ou pelo menos no que acho que chamam de trotar.

Fico sozinha com minha própria versão do inferno.

— Não gosto muito de cavalgar — grito para Dare, que não responde.

Eu o vejo seguindo e, embora esteja irritada, fico maravilhada em quão confortável ele parece na sela. Dare não tem a aparência de um caubói. Parece um cavalheiro refinado, como se estivesse perfeitamente à vontade e segurasse um taco de polo.

Ele faz o cavalo parar dizendo um "whoa" grave e se vira para mim.

— Para parar, puxe as rédeas e diga "whoa".

— Entendi.

Seguro as rédeas com força.

— Você nunca usa camiseta aqui? Sempre se veste com roupas formais?

Porque agora ele está usando uma camisa polo. E, embora esteja com uma aparência fantástica, me pergunto se ele se sente em casa como parecia se sentir em Astoria.

Dare oferece um sorriso afetado.

— A Eleanor diria que nós estamos acima disso.

— Mas você não se importa com o que a Eleanor acha — aponto. — Isso já ficou claro.

— Eu estou aqui agora, não estou?

Sua sobrancelha escura está arqueada, e, mesmo não podendo rebater esse fato, eu gostaria que não fosse verdade. No fundo, parte de mim gostaria que ele estivesse aqui porque queria estar.

— Pode ser que você não goste de cavalgar, mas é bom nisso.

Sem me dar conta, eu me deixo exposta e Dare sorri.

— Você sabe que eu sou bom em fazer qualquer coisa cavalgar.

Ele diz *qualquer coisa* do jeito mais provocador que já ouvi, e faz isso de propósito, para ver a minha reação. Engulo em seco.

— Tenho certeza que você não ouve queixas — é tudo o que digo enquanto ele olha para mim.

— Sobre ontem à noite... — ele começa a dizer, mas eu reviro os olhos.

— Tenho certeza que você precisa começar muitas conversas com essas palavras — interrompo.

Ele oferece mais um daqueles sorrisos afetados.

— Talvez. Mas, falando sério, peço desculpas. Não foi legal. Você não estava pronta para me beijar outra vez, e eu não devia ter forçado.

Que coisa mais britânica de se dizer. Alguma coisa em suas palavras e em seu toque faz meu coração acelerar.

— Eu gostei — admito discretamente, e as palavras saem antes que eu possa contê-las ou escondê-las.

Está claro que ele ficou contente com minha resposta, então acrescento:

— Mas isso não muda nada. Eu ainda preciso de espaço.

Embora eu o deseje mais do que nunca.

Seu rosto fica turvado e o silêncio entre nós impera. Por fim, não aguento mais e falo a primeira coisa que me vem à mente.

— Você gosta daqui? — pergunto enquanto guiamos os cavalos pela ruela silenciosa ao lado da estrada.

Os cascos fazem barulho ao baterem nos paralelepípedos, e eu chego à conclusão de que sou boa nisso.

— Não. — Sua resposta é imediata e curta. — E você?

— Não — suspiro.

— Você deveria se acostumar. Você é daqui — é tudo o que ele diz.

Suspiro outra vez.

— Você não gosta de cavalgar, gosta? — pergunta, mais por educação do que por interesse.

Nego com a cabeça.

— Não. Eu tenho pena do cavalo. Por que ele precisa me carregar?

Dare dá risada, depois inclina o corpo para a frente, afundando os calcanhares no animal.

— Seu peso não deve ser mais que cinquenta quilos. Tenho certeza que ele nem percebe que você está montada. Mas me acompanhe.

Ele segue trotando, depois num galope mais lento. Meu cavalo faz a mesma coisa e eu me seguro para salvar a própria vida, o coração acelerado com a emoção. Dare me leva de volta aos estábulos.

— Vamos andar com algo um pouco mais divertido.

Eu o observo, confusa, enquanto descemos dos cavalos e entregamos as rédeas a um cavalariço.

Meus olhos ficam arregalados quando sigo Dare até a garagem e paramos em frente a uma moto preta brilhando. Eu devia ter imaginado que ele teria uma moto aqui.

Mas o interior da Inglaterra é molhado e as estradas são cheias de curvas, e eu fico hesitante.

— Você tem ideia de quantas pessoas já passaram pela casa funerária do meu pai por causa de acidentes com motos?

E eu teria que grudar meu corpo ao seu e abraçá-lo firme.

Não posso.

Não posso.

Dou meia-volta e começo a me distanciar, mas Dare agarra meu cotovelo.

— Vamos, Calla. Você precisa viver um pouco.

— É exatamente o que eu estou tentando fazer — respondo enquanto me viro outra vez para Dare. — Eu não vou viver muito se andar na garupa dessa coisa aí.

Ele abre aquele seu maldito sorriso de "me desafie", e eu sei que sou um caso perdido. O sorriso faz minha barriga aquecer porque ele é real. É como se eu visse pedacinhos do Dare antigo brilhando ali, e não consigo resistir. Ele percebe isso ao olhar para meu rosto e abre um sorriso ainda maior.

— Você precisa de um capacete. Tem um extra naquele armário.

Ele aponta para a parede e eu pego o capacete. Com dedos trêmulos, coloco-o na cabeça.

Alguns minutos depois, estamos acelerando pela estrada e meus braços envolvem o corpo forte de Dare.

Em poucos segundos, chego à conclusão de que isso é o paraíso.

Eu tinha me esquecido de como é bom.

Descanso a maçã do rosto em seu ombro e passamos pelos portões de Whitley.

O vento bate na minha bochecha, o assento vibra sob mim, e as costas de Dare se ajustam enquanto ele equilibra a moto. Nunca me senti tão eufórica em toda a minha vida.

O interior à nossa volta é lindo, pontuado com flores em meio ao verde, e eu o vejo se tornando uma mancha enquanto seguimos mais e mais rápido. Não sinto medo e sei que posso atribuir essa sensação de bem-estar a Dare. Ele é especialista em andar com essa coisa, e eu estou segura atrás dele, até mesmo nesta estrada úmida e sinuosa.

Não estamos muito longe quando ele diminui a velocidade e paramos em uma estrada de cascalho que leva a uma represa. É remota, é silenciosa, e eu não tenho ideia do que estamos fazendo.

Então pergunto.

Dare oferece a mão e me ajuda a descer da moto.

— Você vai viver.

Hesitante, arqueio a sobrancelha.

— Eu estou vivendo agora — rebato.

Dare nega com a cabeça.

— Não de verdade. Venha comigo.

Por algum motivo que não consigo explicar, eu prontamente o acompanho, ignorando minha hesitação e meu lado prudente, que levanta bandeiras vermelhas para todos os lados.

Dare para no limite da represa e desabotoa a calça.

Fico congelada enquanto a peça cai a seus pés e ele pisa para fora dela. Seus músculos formam um v que desaparece na cintura. Sei aonde eles levam. Com as bochechas corando, desvio o olhar.

Ele imediatamente tira a camisa, joga-a na margem da represa e fica parado à minha frente só de cueca.

Meu coração ricocheteia contra a caixa torácica e eu só consigo olhar para Dare.

Seu abdome forma faixas separadas uma das outras, torneadas e fortes. Seus bíceps saltam e depois se misturam ao braço torneado, e eu sinto uma vontade repentina de deslizar meus dedos por ali, como fiz centenas de vezes antes, então fico de punhos cerrados.

— O que você está fazendo? — luto com as palavras, mas enfim consigo me expressar.

— Vou nadar.

Ele se vira e segue rumo à água, sem hesitar por causa do frio. Respiro fundo porque ele tem aquela maldita tatuagem nas costas, espalhada entre as omoplatas. Palavras em preto: VIVA LIVRE.

Eu sou um caso perdido. De verdade.

— Tem uma piscina em Whitley — grito para ele. — E acredito que seja aquecida.

Dare dá risada e mergulha, volta à superfície, sacode as gotículas de água do cabelo.

— Não é tão divertido quanto aqui.

— Por que aqui é divertido? — tenho que perguntar.

Afinal, a água é fria, há insetos, há lama.

Dare me encara como se zombasse de mim.

— Porque aqui nós somos transgressores. Estamos invadindo outra propriedade.

As palavras me surpreendem e me deixam paralisada.

— Os donos não sabem que você está aqui?

— Não — Dare responde, despreocupado, se afastando de mim, mas sem tirar os olhos do meu rosto. — Isso te deixa assustada, minha pequena seguidora de regras?

Sua pequena seguidora de regras.

— Mais uma vez eu vou te perguntar. — Minha voz fraqueja um pouco. — Por que você está sendo tão gentil comigo?

Ele dá de ombros, ombros nus, brilhando com a luz.

— Porque você é minha, Calla. Só precisa se lembrar disso. Agora venha nadar.

— Eu não trouxe maiô.

— Não precisa.

Eu me oponho e ele me censura.

Durante toda a minha vida, eu segui regras. Fiz o que é esperado, cuidei do meu irmão. Talvez... Talvez...

Antes que eu possa mudar de ideia, estou tirando a blusa e a calça. Sem olhar para Dare e com o rosto vermelho feito uma chama, eu o sigo até a água, usando apenas sutiã e calcinha.

Está fria o suficiente para me deixar sem ar, ou talvez eu só esteja feliz por quebrar as regras. Não sei ao certo.

— Você já veio aqui antes? — Respiro uma lufada de ar, meus dentes batendo enquanto nado na direção de Dare.

Ele assente.

— Muitas vezes.

Não quero perguntar quem ele trouxe consigo.

— E os donos nunca pegaram você aqui?

Ele sorri.

— Ah, já me pegaram. Mas eu sou indomável.

Dou risada da forma simples e direta como ele falou isso.

Começo a me acostumar com a temperatura e paro de bater os dentes.

Dare nada de um lado para o outro algumas vezes, depois anda na água enquanto me observa. Estranhamente, talvez porque a água mantém meu corpo escondido, não me sinto constrangida.

— Acho que você é uma rebelde enrustida — Dare comenta.

Só consigo rir de suas palavras.

— Pode ser — admito. — Estou morrendo de medo agora de os donos da propriedade nos pegarem aqui e chamarem a polícia.

— Você parece ainda não entender a força do seu nome. Os Savage podem fazer tudo o que quiserem por aqui.

— Mas você não se considera um Savage — eu o lembro enquanto ando pela água.

Uma coisa que parece ser calor invade seus olhos, e sua boca repuxa naquele sorriso malicioso que estou começando a adorar. Quando Dare não está sorrindo, eu fico na expectativa, aguardando sua demonstração, como um viciado que espera sua droga.

— Mas eu me enquadro nessa categoria — ele responde. — Pelo menos para alguém de fora que esteja observando.

— Sabia que as suas palavras são enigmáticas? — digo, irritada.

Ele mergulha sem responder e, dois segundos depois, está agarrando meu tornozelo, me puxando para junto dele.

Luto e me contorço, mas ele me puxa para baixo, para baixo, para baixo, e aí me vejo contra seu corpo molhado e rígido, e de repente não quero mais lutar. Não quero empurrá-lo para longe de mim.

De forma alguma.

Seu corpo é ao mesmo tempo forte e esguio, frio e quente. É muito duro, e eu sou mantida contra ele, me deliciando, absorvendo-o. Dare é todo ângulos e músculos e força e graça.

Está se movendo contra mim, seu quadril, suas mãos.

Seus dedos deslizam com fluidez na minha pele, criando fricção mesmo debaixo da água.

Eu estou pegando fogo.

O calor se espalha dos meus braços para as pernas e a barriga.

É um fogo incendiário, e de repente me dou conta de que Dare é o único que pode apagá-lo.

Juntos, voltamos à superfície, ainda agarrados. Dare me solta quando saímos da água e eu respiro fundo. Ele me olha nos olhos.

Há tensão aqui, mas não é uma tensão ruim. É do tipo que nos faz pegar fogo, do tipo que intoxica, do tipo que, uma vez que você prova, passa a desejar pelo resto da vida.

Eu tinha esquecido que ia ser cuidadosa, que estava disposta a rejeitá-lo de todas as formas.

Tudo o que lembro, tudo em que consigo me concentrar é quão *viva* Dare DuBray está me fazendo sentir neste momento, quão viva ele *sempre* me faz sentir.

Para uma garota que passou a vida toda cercada pela morte, isso significa muita coisa.

— Estou com um pouco de medo de você — lanço com sinceridade, e Dare me envolve com os braços.

Nossos movimentos na água mantêm nossas pernas se tocando, a fricção ainda ali.

Quente,

Quente,

Mais quente.

Dare sorri, mas não é um sorriso de quem acha graça.

— Que bom.

— Por quê?

Minha sinceridade me faz parecer inocente, mas eu não sei fazer joguinhos. Não tenho nenhuma experiência com o sexo oposto.

— Porque isso faz você sentir alguma coisa.

Mas agora ele está hesitante e desvia o olhar. Há alguma coisa que Dare quer dizer, as palavras prontas para sair de sua boca, mas ele fica quieto.

— O que foi? — pergunto delicadamente. — Diga para mim.

Ele quer dizer, eu percebo. Seus segredos estão me matando. Dare só quer ser normal, mas continua interpretando um papel.

Não sei por que sinto isso. Simplesmente sinto aqui, no coração.

— Você não precisa ser o que não é — murmuro baixinho.

Seus olhos negros encontram os meus e ele afasta a mão. Há alguma coisa em seus olhos agora, um mistério, e nossa tarde tranquila chega ao fim.

— O que faz você pensar isso? — ele arrisca. — Quero dizer, que eu estou fingindo ser o que não sou.

De alguma forma eu o deixei irritado, e não respondo porque não sei o que dizer.

— Eu não estou sendo quem não sou, Calla — ele afirma friamente enquanto sai da água. — Estou sendo quem você precisa que eu seja. Nós dois já enfrentamos perdas. Você só não está sabendo lidar com a sua.

Fico impressionada, porque ele é normalmente tão paciente e, para ajudar, eu estou ensopada.

— Não trouxemos toalhas — é tudo o que ele diz enquanto o sigo.

Minhas roupas absorvem a água e o caminho de volta para casa é gelado.

Dare não diz uma palavra mais e eu o deixo na garagem.

Não o vejo no jantar, nem durante o resto da noite.

Mas, quando estou deitada na cama, por volta da meia-noite, ouço seu carro saindo da garagem.

Não o vejo voltar, mesmo passando metade da noite acordada, esperando.

Não tenho ideia de aonde Dare vai quando sai.

Por algum motivo, acho que ele prefere que eu não saiba.

Há uma bifurcação na estrada e, mesmo não a enxergando, não tenho como evitá-la.

Uma estrada leva para a esquerda, outra para a direita, e nenhuma delas termina bem.

Sinto nos meus ossos,

Nos meus ossos,

Nos meus ossos.

Cantarolo algo sem sentido, e a bifurcação canta de volta para mim. As notas ecoam e se misturam no ar, e eu as engulo inteiras.

— Saiam daí — grito olhando para trás, porque sei que eles estão lá.

Não consigo vê-los, mas eles estão sempre observando.

Olhos aparecem, vermelhos como sangue, e piscam uma, duas, três vezes.

— Eu posso ver vocês — anuncio e ouço o rosnado, então estou presa em meio à escuridão, em meio ao peso, em meio à opressão.

— Vocês não me assustam — minto.

Há selvageria aqui, e há elegância.

Porém, acima de tudo, há esquecimento, e, não importa o que eu fizer, serei sugada por essa coisa.

Sei disso.

Sinto isso.

Sou louca.

E não importa.

Sou o coelhocoelhocoelho e jamais serei livre.

16

Por algum motivo que não consigo explicar, estou segurando a respiração, esperando para ver se Dare virá jantar.

Ele vem.

Usando calça preta, mocassim preto e uma camisa cor de aveia. Sem dizer nada, atravessa a sala, se senta em seu lugar e coloca o guardanapo no colo.

Olho para meu prato, lembrando como suas mãos me tocaram ontem, lembrando meu desejo, lembrando que não consigo esquecer como ele me faz sentir.

Minhas bochechas ficam coradas e eu dou uma garfada na comida. Os dois estão me observando, ou pelo menos é o que sinto.

— O peixe está delicioso — enfim elogio, sem erguer o olhar.

Acho que ouço Dare sorrir. Meu desconforto deve diverti-lo.

— Adair. — O tom de voz de Eleanor faz parecer que ela acabou de chupar um limão.

— Sim?

Olho para Dare e é fácil notar que ele não consegue esconder seu desdém.

— Toque para nós.

Ela dá ordens como se ele fosse um macaco de circo, como se ele devesse pular quando ela se aproxima, o que é verdade. É verdade para todos nós.

Silenciosamente majestoso, Dare vai até o piano, no canto da sala. Sentado no banquinho, graciosamente faz o que lhe foi ordenado.

A música que Dare toca é algo triste e sombrio, o que é perfeito para o meu humor. As notas acariciam minhas maçãs do rosto, brincam com meu cabelo, e enfim caem inertes no chão quando ele as deixa de lado, depois de arrancar cada uma daquelas teclas.

Observo suas mãos e não consigo não me lembrar de ontem, da forma como aquelas mesmas mãos fortes deslizaram pelo meu corpo úmido, traçando minhas curvas. Não consigo não me lembrar de como eu o deixei me tocar, do nosso contato físico.

Sei que eu não teria resistido se ele quisesse mais.

Mas ele não quis.

Sinto que sou a ovelha e ele é o lobo. Mas, ao mesmo tempo, sinto que ele não quer ser. Dare está enjaulado quando deveria ser selvagem, e acho que ele não sabe o que fazer quanto a isso.

A sala fica em silêncio enquanto ouvimos sua música e eu me pego mais emocionalmente carregada a cada minuto. Meu passado cresce dentro de mim, meu presente, meu futuro. Nada disso parece bom, então a música para e minhas emoções também.

Dare empurra o banquinho do piano para trás e anda em minha direção. Meu coração acelera quando ele inclina o corpo, seus lábios próximos o suficiente para roçarem o meu pescoço.

Eu me lembro desses lábios. De como são suaves e ao mesmo tempo firmes. Do sabor de hortelã.

— Você tem cheiro de maçã. — Seu sussurro é grave.

Fecho os olhos por um breve segundo, porque foi uma maçã que destruiu o Éden.

Abro os olhos.

— Sinto muito por ter sido grosseiro mais cedo. É que isso é muito difícil para mim.

Eu sei.

Deus, eu sei.

— Me encontre no jardim hoje à noite e eu vou recompensar o que fiz. Meia-noite.

Olho para ele com ares de corajosa, mas sei que minha coragem vai me devorar. Queira Dare ou não, ele é um lobo.

E eu sou uma ovelha.

Dare vai embora porque, para ele, não importa o que ninguém pensa.

Dare faz o que quer.

Ele vive livre.

A meia-noite chega rapidamente.

Abro o portão e ando em meio a lírios, prímulas e damas-da-noite. O jardim é cheio de coisas que são vibrantes durante o dia e opulentas à noite. É um pequeno pedaço do paraíso no meio de um lugar assustador, e minha mãe amava este lugar. Eu também adoro.

— Oi.

Ele já está aqui, nas sombras, tão à vontade no meio da noite.

Ele me lembra de uma coisa que meu irmão escreveu em seu diário.

Nocte liber sum. À noite, sou livre.

Eu sou livre aqui, com Dare?

— Oi — respondo, internamente me repreendendo pela minha eloquência. — Você chegou antes do horário.

— Eu queria estar pronto.

Sua voz é aveludada e me envolve como um manto.

— O que você quer comigo, Dare? — pergunto com sinceridade, porque, neste momento, eu não sei.

Ele é quente e frio, um enigma único que não consigo solucionar.

— Não posso continuar com isso, Calla. É difícil demais ver você, ficar longe de você... — Sua voz falha. — Já passamos por tanta coisa. Não faça isso com a gente agora.

— Então eu pergunto outra vez: O que você quer de mim? — Minhas palavras são simples e eu não sei o que estou fazendo.

Como sempre.

— Essa é uma pergunta complexa — ele me diz enquanto me aproximo, observando os movimentos do meu corpo.

Engulo em seco porque sua expressão é pesada e sombria, e é voltada para mim.

Ele me encara como se quisesse me devorar, e mais uma vez lembro que ele é um lobo.

— Então me dê uma resposta complexa — sugiro, e minhas palavras surpreendem a mim *e* a Dare.

O que eu estou fazendo?

O que eu estou fazendo?

Seus olhos se arregalam, depois se estreitam.

Dare praticamente rosna enquanto me puxa para perto de si, e seu corpo é rígido contra o meu. Suspiro em sua boca e ele geme.

As sensações se misturam e o pensamento consciente cessa.

Que se danem as consequências.

Santo Deus.

A língua de Dare rouba a minha, e eu nunca me senti tão sexualmente invadida em toda a minha vida. Deus, como senti falta disso. Senti falta dele.

Tanta,

Tanta,

Tanta.

É como se todas as terminações nervosas do meu corpo explodissem, como se eu estivesse parada no fogo, como se eu fosse o fogo. Eu sou metal, eu sou magma, eu sou lava. Estou derretida, sou o sol.

Ele me incendiou.

Suas mãos me seguram, grandes e fortes, e se espalham nas minhas costas, e, de alguma forma, sinto que estou equilibrada nelas, como se ele me mantivesse estável.

Talvez ele esteja fazendo isso.

Talvez sempre tenha feito isso.

Solto a cabeça para trás e ele desliza os lábios pelo meu pescoço, roçando na pele suave, inalando meu cheiro.

— Você tem cheiro de maçã — diz outra vez, sua voz rouca no meu ouvido.

Sinto urgência e pressa e desespero, mas sua voz é regular, controlada. Não sei como ele consegue.

Eu me afasto para perguntar, apoio a mão no seu peito maciço e, de repente, o mundo gira.

Fragmentos, cheiros, sons... tantas coisas giram ao mesmo tempo na minha cabeça e eu já não vivo no presente.

Estou no passado,

E o passado é uma prisão.

Meus olhos se fecham porque não consigo suportar as sensações pesadas, e, embora eu ouça a voz de Dare me perguntando se está tudo bem, não consigo responder.

Porque eu o vejo.

Não na minha frente, banhado pela luz da lua, mas na minha cabeça

Ele é real, e é familiar, e é meu.

Seu rosto está tomado pela dor e ele está tentando me dizer alguma coisa, mas eu não quero ouvir. Ele está ensanguentado, está sombrio, está arruinado.

Não era para ele estar lá.

Minhas memórias são erradas.

Mas não consigo encontrar as memórias certas.

— *Calla, você está bem?* — pergunta, com lábios ensanguentados e dentes vermelhos.

Não consigo me movimentar,

Não consigo pensar.

Ele me puxa para perto e grita,

E o grito se transforma em um rugido,

E o rugido é o oceano.

— *Socorro!* — Dare grita, mas acho que o grito pode ter sido meu.

Eu fecho meu coração, e ele abre seus lábios, e as palavras saem, e eu sacudo a cabeça.

Porque Finn está na praia e está morto.

E Dare fez alguma coisa, alguma coisa, alguma coisa.

O medo cresce e ganha força e me toma, me cobrindo em sombras.

Esse garoto vai ser a sua ruína, Sabine sussurra. Ele vai acabarcomvocêacabarcomvocêacabarcomvocê.

Na minha cabeça, o sangue respinga e alguém grita e eu me solto violentamente de Dare agora, lutando por ar.

Ele está aqui,

E ele está bem.

Ele está bem.

Ele me encara, nervoso, hesitante em se aproximar.

— Você está bem, Calla? — Suas palavras são marcadas pelo sotaque inglês e seus olhos demonstram preocupação.

Ele estende a mão como se estivesse acalmando um potro perturbado, e eu estou perturbada. Essa é a única palavra capaz de me descrever.

Porque nada disso aconteceu.

Nada disso é real.

Exceto o fato de meu irmão estar morto.

A náusea me atinge de forma repentina, em uma onda assustadora.

Dou meia-volta para que ele não consiga me ver e vomito nos arbustos.

A humilhação se espalha em mim, mas o enjoo é mais forte.

Várias e várias vezes, meu estômago se rebela e eu o sinto atrás de mim, tentando me acalmar.

— Vá embora — digo a ele por sobre o ombro, extremamente constrangida.

— Não — ele responde firmemente. — Talvez você esteja com uma intoxicação alimentar. Vamos procurar a Sabine.

Essa é a sua resposta para tudo.

Mas, de algum jeito, sinto que é ela quem está provocando isso. Nunca me senti assim antes de conhecê-la. Essas coisas nunca me aconteceram.

— Não. Sabine, não — solto, limpando a boca e me afastando. — Eu estou bem. Garanto que estou.

Estou mentindo. Não me sinto bem.

Mas ele não tem como saber.

Dou meia-volta e fujo, correndo em direção à casa, correndo para longe de Dare. Ele me deixa ir, surpreendentemente. Olho por sobre o ombro quando estou passando pelos portões do jardim e ele está parado, apático, me observando com uma expressão estranha.

Não diminuo a velocidade até chegar à casa.

Me arrasto para dentro do meu quarto, e, enquanto isso, imagino Finn me esperando na cadeira próxima à janela, sentado no escuro.

Porque é isso que ele faria se estivesse aqui.

Ele acende o abajur.

Se ele fosse de verdade.

— Onde você estava? — pergunta baixinho, com ares de julgamento em seus olhos azul-claros.

— Eu saí — respondo. — Não estou passando bem.

— Aconteceu alguma coisa? — questiona, inclinando a cabeça. — Ele fez alguma coisa com você?

A irritação toma conta de mim.

— Por que você acha que ele fez alguma coisa? — exijo saber, puxando a camisola de uma gaveta da cômoda. — Você está imaginando coisas. Só não estou me sentindo bem.

Ele olha para mim, em dúvida.

— *Eu* estou imaginando coisas? Cal, isso está ficando perigoso. Não sei o que você está fazendo, mas não é nada bom.

Exalo tremulamente, detestando como meus pulmões me fazem sentir enjoo.

— Não quero você aqui esta noite — rebato.

No mesmo instante, ele vai embora, a cadeira fica vazia e escura, e eu, sozinha.

Eu me viro de costas, vou direto ao banheiro para me trocar.

Não sei o que há de errado comigo.

Só sei que alguma coisa está acontecendo, alguma coisa que eu não entendo. Algo que eu não quero.

Deixo a torneira aberta por um bom tempo, lavo o rosto, me refresco.

Isso não ajuda, e tampouco meus sonhos.

Eu me viro de um lado para o outro na cama, incapaz de acordar, mesmo querendo acordar. Minha respiração acelera e sinto que estou à beira de... alguma coisa.

Dare sussurra:

— Continue. Você está quase lá. Você dá conta.

Não sei se dou conta.

Estou flutuando em um oceano de insanidade. Ele está na minha frente, tão próximo que eu posso tocá-lo. Mas, embora brilhe e cintile, Dare tem presas iluminadas, e eu sei que elas vão me deixar em farrapos.

— Estou com medo — sussurro, agarrando suas mãos.

— E deveria estar mesmo — ele responde, e suas palavras me perfuram. — Mas está tudo bem. Eu estou aqui. Você não está sozinha, Cal.

Mas sinto que estou.

Estou sozinha.

Estou flutuando em um oceano e as mentiras me cercam.

— Socorro! — eu grito, mas não tem ninguém lá, nem mesmo Dare.

— Finn! — eu grito. — Por favor!

Ninguém responde.

Ninguém aparece.

Eu vou afundar e jamais serei encontrada.

17

— Nós vamos promover um evento no fim da semana para a Savage Inc. Eu quero que esteja presente. Acho que estar com outras pessoas pode lhe fazer bem. — Eleanor olha séria para mim, e seu olhar me faz estremecer. — Isso é tudo.

Concordo com um gesto e me levanto, seguindo na direção da porta.

— Ah, e mais uma coisa.

Esperamos.

— Vista-se de forma apropriada. O evento será formal.

Ah, perfeito.

Eu me apresso e, quando chego ao final do corredor, Finn já me espera.

— Desculpe por ontem à noite. O que você faz não é problema meu.

Mas seus olhos ainda estão magoados e me fazem sentir horrível

— Não, eu é que peço desculpas — digo a ele. — Você só estava sendo gentil e eu fui uma grosseira. Eu não estava passando bem, mas isso não é desculpa. Sinto muito, Finn.

Ele assente e tudo está perdoado, porque ele me perdoa fácil demais.

— Está se sentindo melhor agora?

Confirmo. Porque eu estou e não sei o que havia de errado comigo ontem.

— Estava, até descobrir que temos que ir a uma festa formal com a bruxa má.

— Ãhã.

Damos meia-volta e encontramos Eleanor atrás de nós. Seu rosto segue impassível, mesmo tendo me ouvido chamá-la de bruxa.

— Eu queria dizer que o Jones vai levar você a Londres para provar um vestido. Com quem você está conversando, Calla?

Seus olhos encontram os meus e, por um brevíssimo instante, percebo uma coisa quase humana ali. Um tom de... preocupação, talvez até mágoa. Mas ela pisca e aquilo desaparece, e eu devo estar imaginando coisas.

— Com ninguém — gaguejo. — Sozinha.

Ela não se convenceu, eu percebi. Mas hesita antes de ir embora.

— Você se parece muito com a sua mãe, Calla.

Agora ela me deixa, sua coluna ereta e a postura completamente rígida.

— Você acha que o Jones enfia uma vareta no rabo dela toda manhã ou ela mesma faz isso? — Finn bufa e me faz rir, e o clima estranho se desfaz.

Não digo a meu irmão que em breve terei que parar de pensar nele.

Pensar nele não está me ajudando, está me empurrando em direção ao passado. Eu sei disso, mas não gosto. Estou aqui em Whitley para melhorar, e não para regredir.

Mas vou cuidar disso outro dia.

Não há razão nenhuma para arruinar o dia de hoje.

Depois do café da manhã, Jones me leva a Londres.

Enquanto passamos pelas ruas lotadas, inclino o corpo para a frente.

— Você tem alguma sugestão de onde comprar roupas formais, Jones?

E penso nervosamente em minha conta bancária. Quando verifiquei pela última vez, só tinha 237,26 dólares.

Jones olha para mim pelo retrovisor.

— Tenho ordens da senhora Savage sobre onde levá-la, senhorita Price. Ela já cuidou de tudo e tem conta na loja.

Bem, que alívio.

Eu me ajeito outra vez no banco do carro.

— Nunca usei um smoking — Finn comenta.

A dor se espalha por mim, pois sei que ele nunca usou um smoking. E agora nunca vai ter a chance de usar.

— Você ficaria lindo — afirmo. — Todo mundo fica lindo de smoking.

A limusine para rente ao meio-fio e Jones abre a porta para mim, sua mão estendida para me ajudar a sair do carro.

— Chegamos — diz educadamente, apontando para a porta de uma loja chamativa. — Eu fico esperando aqui.

Concordo com a cabeça e, na porta, mulheres vestidas com uniformes pretos e usando batons impecáveis me cumprimentam.

— Bem-vinda, senhorita Price — elas falam. — Estávamos esperando.

É um pouco desconcertante quando elas nos acompanham para dentro e entregam bebidas quentes. Uma delas me leva até um sofá de veludo adornado e me faz sentar ali.

— Meu nome é Ginger — ela se apresenta. — Vou buscar o vestido que a senhora Savage encomendou para você.

Com seu salto alto, ela dá meia-volta e desaparece em outra sala, e eu fico atônita. Eleanor encomendou um vestido feito sob medida para mim? Quando é que ela fez isso? Quando nós chegamos?

Ginger volta depois de um breve instante trazendo um vestido recatado de seda rosa.

Ela o levanta e eu o olho.

É longo, tem decote coração e uma bainha delicada, no tom mais claro possível de cor-de-rosa.

Dou de ombros.

— Posso provar?

Não estou muito impressionada, o que deixa Ginger surpresa.

— É claro, senhorita — ela diz e me leva até o provador.

Ginger começa a tirar minha roupa e eu fico congelada.

— Eu mesma posso fazer isso — digo a ela.

— Tem certeza?

— Eu fiz isso a vida toda — asseguro.

Os ricos têm pessoas para vesti-los e despi-los? Caramba. Não era isso que eu esperava.

Visto o tecido suave e ele envolve meu corpo, com aquele caimento que só uma peça cara tem. É um vestido inocente e bonito, mas, na minha opinião, não combina com meu tom de pele e cabelo.

— Eu... hum.

— Posso ajudar? — Ginger grita por sobre a porta.

Viro a fechadura e saio.

Ela me observa.

— Está perfeito no seu corpo.

Não tenho como discutir. Mas o vestido não me chama atenção. É uma peça feita para uma garota de doze anos e a cor não me favorece.

Enquanto estou me virando na frente do espelho, tentando gostar do vestido, um vislumbre escarlate atrai meu olhar e eu gravito em sua direção, como a Terra ao redor do Sol.

Ginger me segue de perto e eu deslizo os dedos no tecido vermelho.

— Este aqui — falo com incerteza. — Este é lindo. Posso provar?

Ginger se mostra hesitante.

— Este vestido... ele foi feito para outra pessoa — explica, falando devagar, mas, quando pareço claramente decepcionada, ela se apressa em acrescentar: — Mas é claro que pode provar. Podemos fazer outro para a senhorita Aimes. Eu não quero chatear a senhora Savage.

Eu não a corrijo. Não falo que eu jamais seria capaz de dizer algo ruim sobre ela a Eleanor, porque ela está se esforçando na tentativa de me deixar feliz e eu não quero deixá-la desconfortável. Está claro que essa vendedora se sente muito intimidada por minha avó.

Ela me ajuda a tirar o vestido rosa e o segura enquanto visto o vermelho.

Quando dou meia-volta, Ginger chega a ficar sem ar.

— Senhorita Price, como está linda.

E eu estou. Examino minha aparência no espelho e acho estranho, como se houvesse uma desconhecida olhando de volta para mim. Uma mulher com curvas perfeitas e bochechas coradas, olhos brilhantes e um vestido maravilhoso. É um vestido sem alças e, embora a parte de cima esteja só um pouquinho grande, todo o restante se ajusta perfeitamente ao meu corpo.

Eu sou uma mulher neste vestido.

Se Dare pudesse me ver nele...

Ele precisa me ver neste vestido.

— Eu nunca imaginei que essa cor fosse combinar tanto com o seu cabelo — Ginger elogia. — Mas ficou perfeita.

— Posso levar este? — pergunto, esperançosa.

E Ginger assente.

— É claro. Vamos fazer outro para a senhorita Aimes. Este vestido claramente foi feito para você. Vamos tirar meia polegada no busto e ele vai cair como uma luva no seu corpo.

Escolhemos as joias e os sapatos enquanto Finn está me esperando no carro.

— Eu gosto de ser chique — ele conclui, e diz isso com um sotaque britânico.

Dou risada e começo a responder, mas vejo, em uma pequena cafeteria na esquina, algo que me deixa paralisada.

Um homem de cabelo escuro está sentado próximo à janela.

Dare.

Seu rosto é intenso, focado, e ele olha atentamente para o outro homem à mesa, à sua frente. Dare não está feliz. Aliás, longe disso.

Estico o pescoço o máximo que posso, mas não consigo ver detalhes do desconhecido. Só enxergo parte do rosto, todo o restante está escondido.

Mas claramente é um homem de meia-idade, talvez com cinquenta e poucos anos. Cabelo escuro e uma bochecha que parece avermelhada, um vermelho do tipo escarlate.

Por que eles estão nervosos?

Dare deve me sentir encarando-o, porque se vira e seus olhos escuros encontram os meus. Percebo ares de surpresa em seus olhos, depois, de desânimo. Posso ver, posso sentir, então ele desvia o olhar.

Dare está tentando fingir que eu não o vi, e eu me pergunto se deveria fazer a mesma coisa.

Mas ele não me dá essa chance.

Depois do jantar, enquanto Eleanor e Sabine conversam baixinho na biblioteca, Dare se aproxima com sua calça preta e seu suéter de casimira.

Está esmagadoramente lindo e eu luto para fingir que não está.

— Esqueça que você me viu mais cedo — diz, e sua voz é um pouco dura.

— O quê? — pergunto, confusa, encarando-o, ignorando seu maxilar esculpido.

Ele olha para baixo, na minha direção, tão facilmente capaz de me abalar.

— Você não me viu na cidade. — É uma ordem, e ele está falando sério.

Sem saber o que fazer, concordo com a cabeça. Por que isso é tão importante?

— Está bem — tenho que ceder. — Eu não vi você. O que estava fazendo de tão secreto assim?

Ele agora me lança um olhar fulminante e eu quase me arrependo de ter perguntado. Quase. O que ele *estava* fazendo?

— Você não pode saber agora — Dare esbraveja, seus lábios exuberantes e seu tom horrível. — Confie em mim, você não pode saber ainda.

— Por quê?

Ele faz uma pausa, depois olha para mim, seus olhos sinceros e abertos e meus.

— Porque você estaria perdida.

Enquanto ele se distancia, levando um milhão de coisas escondidas nos olhos, eu me pergunto se já não estou.

Estou sozinha lendo um livro na biblioteca quando Sabine me encontra, trazendo uma xícara de chocolate quente. Ela coloca a xícara ao meu lado e se ajeita no assento adjacente.

— O Dare está preocupado com você — conta.

— Ele te disse isso? — pergunto, em dúvida, afinal ele estava tão irritado comigo há pouco.

Ela nega.

— Não. Mas eu percebi.

Luto contra a necessidade de revirar os olhos.

— Não ligue. Se estiver realmente preocupado, ele vai me dizer.

Talvez.

Mas talvez eu já não saiba de mais nada.

— Não sei se ele diria — Sabine responde. — Você o afastou. Ele não sabe como chegar até você agora.

Meu peito dói com as palavras, porque sei que é verdade.

— Não quero falar disso — rebato duramente.

Ela assente e muda de assunto.

— A sua avó soube que você trocou o vestido.

— Era para ser segredo? — pergunto, surpresa. — Eu não gostei do que ela escolheu, ficou horrível em mim. Escolhi uma cor melhor.

Sabine me observa com humor em seus olhos idosos.

— Ela não ficou feliz — alerta, mas, de alguma forma, me parece que Sabine ficou. — Você lembra a sua mãe — acrescenta.

— Todo mundo diz isso o tempo todo. É ruim? — questiono, hesitante.

Ela sorri.

— Não. É bom. Tão curiosa e gentil. Espero que Whitley não te faça mudar.

— Não vai fazer — respondo obstinadamente.

Sabine inclina a cabeça, mas não responde. Ela olha pela janela, para o corredor, e não faz nenhum movimento que denuncie que vá sair. Olho para ela por sobre meu livro.

— Algo mais?

Não quero ser grosseira, mas realmente gostaria de ficar sozinha um instante, e essa mulher sabe mais das coisas do que eu... Ela conhece Dare melhor e talvez até *me* conheça melhor do que eu mesma. É desconfortável.

Sabine volta o olhar para mim, um olhar sábio e velho, e eu luto contra a necessidade de estremecer.

— Nós devíamos ler as suas cartas outra vez — sugere. Agora eu estremeço, e ela ri. — Não é uma coisa assustadora — assegura. — A minha família faz isso há centenas de anos. A minha mãe, a mãe dela, a mãe dela. E assim por diante.

— Só as mulheres? — pergunto, agora curiosa.

Ela confirma:

— Só as mulheres.

— Por quê?

Por que eu estou perguntando? Tudo isso sem dúvida é loucura.

Ela não perde tempo respondendo.

— Você tem se sentido bem? — pergunta.

Eu hesito. Será que Dare contou para ela que eu passei mal?

— Sim — minto. — Perfeitamente bem.

— E quanto ao seu sono? — continua. — Tem dormido bem?

Não.

— Sim — minto outra vez. — Tudo bem. Não preciso de nenhum dos seus chás.

Ela sorri outra vez, seus dentes sempre grotescos.

— Não era por isso que eu estava perguntando. Se você sentir algum... incômodo, me avise.

Incômodo?

Ela me encara como quem sabe das coisas, antes de sair, e eu me pergunto o que exatamente ela sabe a meu respeito, *e como ficou sabendo.*

Então eu a vejo desaparecer no fim do corredor, e só depois de muito tempo que Sabine se foi eu percebo que tenho calafrios e arrepios que deixam os pelos em minha nuca eriçados.

Esfrego as mãos nos braços e rapidamente avanço em direção à segurança do meu quarto.

Ninguém consegue me ver.

Eu sou invisível.

Há uma lâmina e sangue e água.

Há pedras e musgo e areia.

MeVejamMeVejamMeVejam.

Mas eles não me veem.

Todo mundo vai de um lado para o outro, os rostos se transformando em uma mancha embaçada.

— Socorro! — eu grito.

Mas ninguém ouve.

Ninguém se importa porque eu sou invisível.

Eu não existo mais.

Quero gritar e uivar para o céu, mas isso não ajudaria em nada.

A noite é uma prisão, uma prisão, uma prisão.

Mas a manhã vai me matar.

Eu sei disso.

Sinto isso.

Eu estou.

Eu estou.

Eu estou perdida.

E ninguém pode me salvar.

18

Estou inquieta.

Tão, tão inquieta.

Portanto, coloco uma roupa simples, algo condizente com uma Savage, para Eleanor não reclamar, calça e um suéter rosa de manga curta. Depois encontro Jones no andar de baixo.

— Você acha que pode me levar à cidade? — pergunto.

Sua resposta é imediata:

— É claro, senhorita.

Espero o carro do lado de fora da casa. Quando tomamos o caminho, ainda dentro da propriedade, tenho a mais estranha das sensações... como se estivesse sendo observada.

Os pelos da minha nuca se enriçam e eu me viro para olhar pela janela traseira.

Uma cortina no andar superior da casa se fecha, como se alguém estivesse ali.

Como se alguém *estivesse* me observando.

Engulo em seco e me viro outra vez para a frente.

Estou dentro do carro. Ninguém pode me ferir aqui.

É o que digo a mim mesma durante o caminho até a cidade.

— Aonde vamos, senhorita Price? — Jones me pergunta quando estamos na estrada.

Não sei.

— Você poderia me levar a algum lugar aonde minha mãe costumava ir? — arrisco, hesitante.

Porque sinto saudade dela. Quero me sentir próxima da minha mãe, mesmo que tudo seja apenas uma ilusão.

Jones me olha nos olhos pelo retrovisor, e seu semblante é compreensivo.

— É claro — responde, com sua voz dura ligeiramente mais suave. — Eu sei qual é o lugar certo.

O carro passa pelas ruas e enfim para na frente de uma igreja.

Com um exterior neogótico e tijolos expostos, a construção se ergue em direção ao céu nublado, um tanto severa e imponente.

Fico hesitante enquanto olho pela janela.

— É a Igreja de São Tomás de Canterbury — Jones me explica. — A sua mãe costumava vir aqui com frequência.

É meio difícil acreditar, considerando que ela não era católica. Educadamente, digo isso a ele.

— Ela *era* católica, senhorita — ele insiste. — E costumava vir aqui, sim. Eu mesmo a trazia.

Tenho que acreditar em suas palavras, então abro a porta e saio do carro.

— Eu espero aqui, senhorita — ele diz, se ajeitando no banco.

Faço uma afirmação com a cabeça e, após ajeitar os ombros, sigo na direção das portas.

Quando entro, o clima da igreja muda, deixando para trás o gótico severo e se tornando abundantemente decorada, firmemente alinhada com a tradição católica.

O ar aqui é de reverência, sagrado e sereno. Embora eu não seja uma pessoa religiosa, gosto deste lugar.

As estátuas de santos e anjos dependuradas nas paredes são douradas e ricas em detalhes, incluindo o crucifixo de Cristo à frente.

Seu rosto é pintado, as mãos e os pés sangram.

Desvio o olhar porque, mesmo assim, para mim é difícil imaginar tamanho sacrifício.

— Está aqui para se confessar, filha?

A voz grave vem de trás. Eu me viro e me deparo com um padre me observando. Seus olhos são gentis, ele usa o colarinho branco, e esse é o primeiro gesto verdadeiro de sinceridade que vejo desde que cheguei à Inglaterra.

Dare é gentil, mas nossa relação é complicada.

Eleanor é severa, Sabine é misteriosa, Jones é superficial. Todos eles querem algo de mim.

Esse homem, esse padre, é gentil simplesmente por ser gentil.

Engulo em seco.

— Não sou católica — esclareço, tentando manter minhas palavras delicadas neste lugar imponente.

Ele sorri.

— Vou tentar não usar isso contra você — afirma, estendendo a mão. Eu a seguro, e é calorosa. — Sou o padre Thomas — se apresenta. — E esta é a minha paróquia. Seja bem-vinda.

Até suas mãos são gentis enquanto seguram as minhas, e eu me vejo me acalmando pela primeira vez em semanas.

— Obrigada — murmuro.

— Quer andar e conhecer a igreja? — ele sugere, e eu faço que sim com a cabeça.

— Eu adoraria.

Ele não pergunta por que eu estou aqui ou o que quero, mas apenas me guia e aponta esse e aquele artefato, esse detalhe da arquitetura ou aquele vitral. Passa um bom tempo conversando comigo e me faz sentir como se eu fosse a única pessoa no mundo, como se ele não precisasse estar em outro lugar.

Por fim, quando termina, ele se vira para mim.

— Quer se sentar?

Eu quero.

Então ele se senta comigo e nós passamos um bom tempo em silêncio.

— Me disseram que a minha mãe costumava vir aqui — enfim confesso. — Eu só queria me sentir perto dela.

O padre me estuda.

— E está se sentindo?

Meus ombros se curvam.

— Na verdade, não.

— Eu estou aqui há muito tempo — ele começa, cortês. — E acho que conheço a sua mãe. Laura Savage?

Fico surpresa e ele dá risada.

— Filha, você é quase a imagem dela refletida no espelho — conta, rindo. — Não foi difícil descobrir.

O padre assente e olha na direção de Maria.

— Laura é uma boa alma — diz, gentilmente. — E eu a vejo nos seus olhos. Por que ela não veio com você hoje?

— Ela faleceu — respondo, direta. — Faleceu há pouco tempo.

Não digo que a matei com um telefonema, que a culpa foi minha.

Ele pisca.

— Sinto muito. Mas agora ela está com o Senhor. Está em paz. A sua mãe recebeu a extrema-unção, filha?

Fico sem ar.

— Não sei. Acho que ela não pôde receber. A minha mãe morreu em um acidente de carro. Isso é ruim?

Padre Thomas se apressa em me tranquilizar:

— Não. Em circunstâncias assim, é compreensível. Não tenha medo, filha. O amor misericordioso de Deus não se prende a sacramentos. Ele abençoa os seus filhos e os perdoa, e concede a vida eterna aos fiéis. A sua mãe era uma fiel.

Não quero dizer a ele que ela não era uma católica praticante, que eu nunca a vi ir à missa. Mas agora o fato de ela ter dado a medalha de São Miguel a Finn faz sentido. Eu sinto o pingente agora, frio contra a pele do peito.

— Você deve estar muito triste — ele observa, e o jeito como seu rosto está posicionado diante da luz me assusta, porque eu já o vi antes, mas ainda não tinha me dado conta de onde.

— Você estava com o Dare na cafeteria outro dia — lembro. — E estava nervoso.

Os olhos de padre Thomas ficam arregalados por um instante antes de ele mascarar sua expressão.

— Não era nada — garante. — Nós só estávamos conversando e tomando um café. Nada com que se alarmar.

Mas seus olhos contam outra história.

O padre está mentindo, mas por quê?

Afasto minha mão e ele percebe.

— O que foi, filha?

Sua conduta continua discreta, ainda gentil, ainda convidativa, mas eu estou há tanto tempo cercada por segredos que não posso aceitar isso vindo de um homem de Deus. E digo isso a ele.

O padre fica pensativo enquanto me analisa.

— Eu compreendo, Calla. Mas você também precisa entender que as pessoas me confidenciam coisas. Dei minha palavra, a Deus e aos membros da minha paróquia, que não vou quebrar a confiança dessas pessoas.

Ele é tão gentil e seus olhos são calorosos.

— Vejo que você reza para São Miguel.

Eu nem tinha percebido, mas acabei puxando a medalha para fora da blusa e a estou girando na mão.

— A minha mãe deu esta medalha ao meu irmão. Ele também morreu. Era para a medalha protegê-lo...

Padre Thomas assente.

— São Miguel vai protegê-la, Calla. Você precisa confiar.

Confiar.

Chega a ser cômico na minha situação atual.

— Vamos rezar juntos? — ele sugere, e eu não discuto, afinal rezar não pode me fazer mal.

Nossas vozes são suaves e uniformes e se misturam sob a luz do sol.

Diante de Cristo e do crucifixo,

e das duas Marias.

São Miguel Arcanjo, defendei-nos no combate. Sede nossa defesa contra os embustes e ciladas do demônio. Que Deus o censure, pedimos humildemente, e que vós, príncipe da milícia celeste, pela força divina, precipitai no inferno o Satanás e os outros espíritos malignos que andam pelo mundo para perder as almas. Amém.

— Você acredita no mal? — sussurro quando terminamos, e por algum motivo meus arrepios voltam.

Sinto que alguém está me observando, mas, quando abro os olhos, o próprio Cristo me encara. Da cruz na parede, seus olhos são suaves e indulgentes, enquanto o sangue respinga de seus pés.

— É claro — o padre assente. — No mundo, existe o bem e existe o mal. Eles equilibram um ao outro, Calla.

Será?

— Porque a energia não pode ser destruída? — sussurro. Porque ela passa de uma coisa a outra e a outra?

O padre nega com a cabeça.

— Não sei nada sobre energia. Só sei que existe o bem e o mal. E nós precisamos encontrar o nosso próprio equilíbrio no meio disso. Você vai encontrar o seu.

Será?

Eu lhe agradeço, me levanto e ele me abençoa.

— Volte para me ver — convida. — Gostei de conversar com você. Se não é católica, não posso ouvir sua confissão, mas sou um bom ouvinte.

Ele é. Tenho que concordar.

Sigo meu caminho para fora da igreja, deixando para trás o silêncio primitivo, e, quando saio no sol, sei que estou sendo observada.

Cada fio de cabelo na minha cabeça sente e se arrepia.

Eu me viro e o estranho está parado no limite do canteiro da igreja, logo em frente à cerca. Ele está me observando, as mãos nos bolsos, mas ainda não consigo ver seu rosto. O capuz está outra vez erguido.

Com a respiração presa na garganta, eu me apresso pela calçada, em direção ao carro. Praticamente mergulho ali dentro antes de bater a porta.

— Faz tempo que aquele cara está ali? — pergunto, sem fôlego, a Jones.

— Que cara, senhorita? — ele responde, confuso, tentando olhar pela janela.

Eu também olho, mas só para descobrir que ele já desapareceu.

19

Dare fecha a mão sobre a minha no horário do jantar, enquanto estendo o braço na direção da porta da sala de refeições.

— Gostaria de caminhar? — ele convida, sua voz grave e opulenta.

Eu concordo.

Porque, Deus, eu quero.

Dare apoia a mão na minha lombar enquanto me guia até a varanda. E paramos aqui, onde glicínias e plumérias crescem, onde eu inspiro e nós olhamos as estrelas.

— Lembra de Andrômeda? — pergunta, e eu me recordo daquela noite lá em casa.

Eu me lembro de estar sentada na praia e de Dare dando um sermão sobre o amor imortal, porém agora isso parece mais significativo.

— Lembro — digo e me encosto a ele, sentindo seu calor e sua força. — E acredito em você. O amor é imortal.

Finn.

Minha mãe.

Imortal.

Ele olha para mim e desliza os dedos pela minha bochecha.

— Calla, você é muito amada. Só não sabe disso ainda. Por favor, não me afaste para longe.

Fecho os olhos, porque os motivos pelos quais eu vinha me distanciando já não parecem importantes. Mas enfim.

Porque segredos e mentiras são a mesma coisa.

Não consigo ignorar seus segredos.

— Eu sei que você acha a minha mente frágil — digo a ele. — E acho que talvez esteja certo.

Ele protesta, mas eu aceno uma negação com a cabeça.

— Não, eu sei que você acha. E tudo bem. Porque eu ainda converso com o Finn, Dare. Eu ainda finjo que ele está comigo. Uma pessoa equilibrada não faria isso.

Dare engole em seco e, sem hesitar, segura minha mão.

— As pessoas fazem o que funciona — rebate, firme. — Você sofreu uma grande perda, Calla. Mais do que uma pessoa comum entenderia. Se fingir que o Finn está aqui ajuda, então faça isso. Contanto que saiba que está fingindo.

Concordo, porque eu sei na maioria das vezes, pelo menos quando o assunto é Finn.

Mas há algo mais... uma coisa sobre a qual não vou falar.

O desconhecido encapuzado.

Porque não quero saber se ele existe de verdade.

— Não é justo esperar que você esteja comigo quando eu estou tão desequilibrada — murmuro, e tudo em mim quer que ele rebata essa ideia, que ele proteste, que eu possa me aproximar.

Mas, para minha surpresa, Dare não faz isso.

Ele apenas assente.

— Não quero te pressionar — diz baixinho. — Quando estiver pronta, você vai saber.

Suas palavras tocam meu coração, mas eu as afasto.

Foi isso que eu pedi.

— Você ainda desenha aqui? — arrisco, tentando mudar de assunto.

Dare assente.

— É claro.

Continuamos andando pelos jardins, pelo caminho. A lua brilha lá em cima, iluminando nossos passos.

— Posso ver os seus desenhos?

Dare sorri.

— É claro. Quer que eu faça um novo?

Eu me lembro de quando posei para ele.

De quando ele me desenhou, me pintou,

aqueles sentimentos eram tão íntimos e familiares,

não consigo dizer não.

Faço um gesto afirmativo.

— Sim.

— Vou buscar o meu bloco de desenho — anuncia. — Me espere na biblioteca.

Ele me deixa perto da porta, então eu me aconchego na biblioteca e espero.

Espero em um assento próximo à janela, banhada pela luz da lua

Com a cabeça pressionada ao vidro, olho para fora, para os estábulos, os atalhos, os pântanos.

Alguma coisa se movimenta na escuridão e eu foco o olhar, analisando atentamente.

O capuz aparece em meio à noite, o rapaz escondido dentro dele.

Ele caminha pela trilha, o olhar fixo em mim,

Continuo sem conseguir enxergar seu rosto.

Respiro e conto,

Um,

Dois,

Três,

Quatro.

Quando olho outra vez, ele já desapareceu.

Ele não é de verdade.

Claramente.

— Está pronta?

Dare surge atrás de mim com o bloco sob o braço e uma cadeira na mão.

Tento ajustar meus pulmões instáveis e anuo.

— Estou.

Porque isto aqui é de verdade.

Dare é de verdade.

Meus sentimentos por Dare são de verdade.

— Arrume as pernas mais para baixo — sussurra, me ajudando a posar. Seus dedos são esguios e fortes, frios ao tocar minha pele. — Mantenha a mão aqui — diz, mostrando o lugar, ajeitando meus dedos para que eles emoldurem minha bochecha. — Assim. Está perfeita.

Eu sorrio e ele me diz para olhar ao longe, na direção das estrelas lá fora.

Faço isso e me esforço para não baixar o rosto,

Porque não quero ver ninguém lá fora.

A energia entre Dare e mim é pesada. Estala com a tensão, com as palavras não ditas. Fecho os olhos e a sinto deslizando pela minha pele, como um lápis no papel.

Ouço o grafite esfregando na folha.

Ouço a respiração rasa de Dare enquanto ele se concentra.

Olhando para ele, eu o vejo puxar o cabelo para longe dos olhos com uma mão impaciente,

Se apressando para voltar à minha imagem.

Ele desenha minha perna,

Ele desenha meu olho,

Ele desenha meus lábios.

E, quando desenha meus lábios, eu me levanto e me ajoelho diante dele.

Toco seus lábios com dedos trêmulos.

Ele fecha os olhos, mas logo segura a minha mão.

— Só depois que você estiver pronta, Calla — diz, com palavras firmes. — Eu não posso... não posso até você estar pronta.

Tenho que aceitar isso porque é justo.

Não posso falar uma coisa e depois outra, não posso fazer joguinhos, nem comigo mesma.

— Tudo bem — sussurro. — Desculpe.

— Não peça desculpas, Cal — ele me diz. — Apenas esteja pronta logo. Por favor.

Tenho que sorrir ao ouvir isso, e examino a imagem que ele criou.

Pareço triste, assombrada, quase como um fantasma, apoiada na janela, olhando para o céu.

— A minha aparência está assim? — pergunto, incrédula e um pouco desapontada.

— Você é linda — ele me diz, e acredita em suas palavras.

Descanso a bochecha no seu joelho.

— Não é horrível estar aqui? Eu sei que você não gosta.

Mas ele veio aqui por mim. Isso significa muita coisa.

Pode ser que signifique tudo.

— Não é terrível — responde. — Você está aqui.

Eu estou.

Eu estou aqui.

— O que aconteceu com você neste lugar? — questiono, levantando um assunto delicado.

Ele estremece, mas desvia o olhar.

— Nada com que você precise se preocupar.

— Mas eu me preocupo — rebato. — Eu me preocupo mesmo.

Ele segura a minha mão.

— O ponto principal aqui não sou eu — afirma sério. — É você.

Não gosto dessa resposta, e ele simplesmente me acompanha até o quarto e beija minha testa antes de me deixar.

Para minha surpresa, eu durmo. E quando acordo o desenho que Dare fez está em meu criado-mudo, mas não me lembro de tê-lo colocado ali.

Ele esteve aqui enquanto eu dormia?

Não o ouvi.

Dare não está presente no café da manhã, então faço uma busca por ele. Nos atalhos, na garagem, nos jardins. Ele não está em lugar nenhum, mas Sabine está, obviamente.

— Olá, filha — ela me cumprimenta com a mão cheia de terra. Eu a vejo mexer no solo, plantar e replantar e podar.

Por que todo mundo me chama de "filha"?

— Bom dia — eu a cumprimento. — Você viu o Dare?

Ela nega com a cabeça.

— Ele estava andando aqui mais cedo — vem a resposta. — Mas acho que o vi sair de carro.

Eu me pergunto aonde ele vai todos os dias.

Fico de joelhos ao lado de Sabine.

— Como foi a infância dele? — pergunto, na esperança de que ela me conte o que ele não conta. — Você deve saber, já que foi a babá dele.

— Eu fui — ela confirma. — Mas a Olivia era uma mãe muito presente, muito envolvida. Diferentemente da maneira como a Eleanor agia com a sua mãe. A Eleanor era desapegada. A Olivia era cheia de amor. A mãe do Dare o amava, filha.

Mas há algo em sua voz, algo que me diz que o amor de Olivia era tudo o que ele tinha.

— E o Richard? — pergunto, hesitante.

Uma nuvem encobre o rosto de Sabine.

— O Richard nunca gostou do Dare — ela responde, com toda a sinceridade. — Ele achava que o Dare competia pelo amor da Olivia, o que é ridículo. O Dickie era cruel com o Dare, mas eu fiz o melhor que pude para proteger o garoto.

Sinto uma pontada no coração porque alguma coisa no tom de voz dela deixa claro para mim que seu melhor não foi o suficiente.

— O que o Richard fazia com ele? — questiono, e sinceramente tenho medo de saber.

Ela se vira.

— Isso não importa para ninguém. É passado. Já aconteceu. E o Dare pagou pelo que fez.

Isso me assusta, me faz jogar a cabeça para trás.

— O que você quer dizer com isso? O que o Dare fez?

Ela nega com a cabeça.

— Isso é passado. Não importa.

Mas eu sei que importa.

Esses acontecimentos vivem no rosto de Dare,

Assombram seus olhos.

Segredos e mentiras são a mesma coisa, e eu preciso descobrir a verdade dele.

Deixo Sabine para trás, mas sinto que ela me observa enquanto vou embora.

20

Já em casa, as luzes da manhã iluminam a sala de refeições, e pela janela vejo Sabine andando entre os jardins, os passos curvados e lentos.

Ela examina uma plantinha que está crescendo, alguma coisa *verde*, antes de se curvar sobre o broto. Puxa uma folha e a masca cuidadosamente antes de virar o rosto na direção do meu.

Nossos olhos se encontram através do vidro e ela logo vai embora.

Ela sabe que eu vou à caça, percebo. E por algum motivo não vai me deter.

Talvez ela queira que eu saiba.

Eu me pego vagando pela casa, ignorando o silêncio. Os empregados fingem não me ver, e eu fico longe da ala que abriga o escritório de Eleanor. Sigo pela ala leste, por um corredor que ainda não explorei.

Assim que piso nesse espaço, sinto a calmaria, um silêncio sem explicação. No mesmo instante, sinto como se estivesse em outro lugar, um lugar remoto, onde não há vida. Não vejo nenhum empregado enquanto caminho sobre o chão de mármore polido.

Hesito até mesmo em respirar alto aqui, e não sei por quê.

Paro diante de portas duplas enormes e entalhadas e, antes que possa pensar duas vezes, eu as abro.

São os aposentos de alguém. Estou em uma espécie de salão, entre tons de creme, bege e azul. É como se alguém tivesse jogado cores neutras por todo lado e eu girasse absorvendo tudo.

Estou quase decidida de que é um quarto de hóspedes, de que não vale a pena explorar, quando avisto no canto uma fotografia. Um porta-retratos com a moldura espessa e dourada.

Eu me aproximo e analiso a família à minha frente.

Dare, sua mãe e meu tio olham na minha direção.

Dare é mais novo, obviamente. Muito mais novo.

Parece ter cerca de dez anos, magro, mas aqueles mesmos olhos escuros aparecem na fotografia, assombrados e cheios de dor. É evidente para qualquer um que olhar que Dare não está feliz. Ele tenta fugir, permanecendo o mais longe possível de meu tio, embora permita que a mãe apoie a mão em seu ombro. Sua expressão é suave, e os olhos, gentis. Eu me pego perguntando o que ela estava fazendo com Richard.

Porque os olhos do meu tio são duros como aço. Ele tem os mesmos olhos de Eleanor, assim como a postura rígida dela. É imponente, é severo. E posso apostar que não era uma pessoa boa.

Eu percebo que estou dando um passo para trás, de verdade, o que é uma bobagem.

E, quando me viro para olhar o restante da sala, ainda sinto que ele está me observando, o que também é uma bobagem.

Este lugar é tão silencioso quanto as criptas, e parte disso pode ser porque sei que dois dos três ocupantes naquela foto agora estão mortos. Vi suas lápides no mausoléu, deslizei os dedos sobre o nome deles.

Também parece que Dare não ocupa este quarto. Ele deve tentar evitar as lembranças.

Não posso dizer que o culpo.

Posso sentir o sabor das lembranças aqui, palpáveis, e elas não são boas.

A energia não desaparece.

Há uma sensação ruim neste quarto, embora não exista nenhuma razão tangível para isso.

Também não há outras fotos. As penteadeiras não guardam itens pessoais, as paredes são preenchidas apenas com decoração ornamental. Olho dentro do armário e o encontro cheio de roupas. Fileiras de ternos, vestidos e sapatos. Tudo exatamente como foi deixado. A sensação é de mistério, como se tudo estivesse congelado no tempo, então dou meia-volta para sair.

Mas uma coisa me faz parar.

Um cinto marrom dependurado em um cabide atrás da porta.

Em uma situação normal, um cinto não atrairia a minha atenção, mas esse cinto é velho e surrado e está coberto de manchas marrons.

É velho e surrado em uma casa tomada por coisas requintadas.

E é o fato de ele estar surrado que me deixa intrigada. Em uma casa de coisas perfeitas e opulentas, por que alguém como Richard guardaria uma peça tão velha?

Chego mais perto para examinar e deslizo a mão sobre as manchas.

Afasto violentamente os dedos quando percebo o que elas são.

Sangue.

E posso apostar todo o meu dinheiro que é o sangue de Dare.

Respiro e levo a mão ao peito enquanto imagino o pequeno Dare e aqueles olhos grandes e tristes e o homem enorme que usava um cinto tão pesado em costas tão pequeninas.

Na minha cabeça, vejo Richard batendo com o cinto, com força e violência, e vejo Dare caindo de joelhos, a cabeça baixa, a boca apertada para evitar os gritos.

Ele é teimoso e se recusa a chorar, e não consigo conter as visões na minha mente.

Não quero imaginá-las, mas as imagens continuam surgindo, e posso ouvir uma mulher chorando. A mãe de Dare grita para Richard parar, mas ele a joga para longe. Ela bate na parede atrás da escrivaninha, e a pancada é forte o suficiente para derrubar os quadros da parede.

O mundo gira e a náusea retorna, e eu caio de joelhos, sugando o ar.

O que está acontecendo comigo?

Estou mesmo vendo isso?

Fecho os olhos bem apertado, tentando encontrar alívio no escuro, tentando afastar o terror deste quarto.

Mas não consigo.

Porque Richard fez isso com Dare. Eu não estou imaginando coisas. Ele feriu Dare várias e várias vezes ao longo dos anos e ninguém o impediu, ninguém conseguiu impedir.

Eu fiz o melhor que pude para proteger o garoto.

Mas Sabine fracassou.

Um sussurro chia à minha volta, vindo dos cantos, do teto, do céu. *Ele fez isso. EleFezIssoEleFezIssoEleFezIsso.*

Os sussurros se transformam em um rugido que me esmaga, e aperto os olhos com força para afastá-lo.

Quando volto a abri-los, o quarto está escuro.

Alguém está sentado em uma cadeira do outro lado do cômodo, parcialmente escondido nas sombras.

— O que você está fazendo aqui? — Dare me interroga sem se mover.

Ele mantém as mãos nas coxas e parece estar esperando.

Esperando que eu acordasse.

Pisco os olhos para afastar o sono, tentando determinar há quanto tempo estou aqui.

Cambaleio e me jogo nos braços dele, surpreendendo-o com meu peso.

— Eu sinto muito — sussurro repetidas e repetidas vezes para ele, que me olha como se eu fosse a louca que sou.

Estou atordoada, mas não me importo.

Tudo o que importa é que Dare não é mais uma criança e está nos meus braços, e eu nunca mais vou deixar ninguém feri-lo.

— Sinto muito por ele ter feito aquilo com você — digo, e ele fica com os olhos arregalados antes de desviar o olhar.

— Não sei do que você está falando.

As palavras de Dare saem empoladas, fechadas.

— O meu tio machucou você — digo, com firmeza. — Eu sei o que ele fez. E, Deus, eu sinto muito, Dare.

Ele é tão imponente, mesmo na escuridão, gracioso e forte. Olho indefesa enquanto ele tenta fingir que isso não é importante, que ele não foi espancado quando criança.

— Você não deveria ter vindo aqui — diz baixinho. — Não tem nada para ver aqui.

Havia uma coisa.

Um cinto manchado de sangue.

E um sussurro: *Ele fez isso.*

Fico paralisada, estudando o rosto sombreado de Dare. Ele continua impassível, escondendo seus pensamentos, mas eu preciso perguntar.

— O meu tio foi uma pessoa horrível — digo desesperadamente a ele, tentando fazer um entalhe naquele rosto impassível, o rosto que é tão bom em esconder as coisas. — E a Eleanor é terrível. Você não conheceu a minha mãe, então talvez pense que todos os Savage são assim... Você acha que eles são horríveis e agora me acha uma pessoa horrível.

Ele fica surpreso com as palavras, mas para de tentar me tirar dali.

— Eu não acho que você seja uma pessoa horrível — afirma, deixando as mãos caírem soltas nas laterais do corpo. — Eu nunca pensei isso.

— Tem certeza? — pergunto, direta. — Porque agora que nós estamos aqui, em Whitley, você mudou.

— Não é verdade — ele nega com veemência antes de acalmar o tom de voz: — Você me disse que queria espaço, eu estou dando espaço para você. Cuidado com o que deseja, Calla.

— Você foi ferido aqui — digo. É uma afirmação, não uma pergunta, e eu faço o que posso para não permitir que suas palavras me firam. — Neste quarto. Pelas mãos de pessoas ligadas a mim. Sinto muito por isso. Deus, me desculpe.

O rosto lindo de Dare se fecha e qualquer traço de suavidade desaparece.

— Não sinta por mim — ele anuncia, friamente. — As pessoas costumam merecer o que recebem.

— O que você quer dizer com isso? — pergunto, confusa. — Isso é ridículo.

Ele nega com a cabeça.

— É só a verdade. Mas não vale para você. Você não merece nada disso. — E faz uma pausa. — Você vem comigo?

Dare claramente não quer me deixar sozinha aqui, então eu o sigo, fechando a porta ao sair.

Começo a andar na direção oposta, a caminho do meu quarto, mas ele me contém, segurando meu braço.

— Espere. Quero te mostrar uma coisa.

— Quer?

— Sim. Você precisa ver.

Confusa, intrigada e um pouco assustada, eu o acompanho pela ala leste, passando por corredores e subindo uma escadaria velha até o sótão. Enquanto andamos, juro que consigo ouvir sussurros... por toda a volta, vindos do chão, dos cantos e das fendas.

Segredos.

Segredos.

Segredossssssssss.

Mas é claro que não há vozes.

Eu estou imaginando tudo.

O problema é que a cada dia que passa perco mais a noção do que estou imaginando e do que é real.

Quando estamos em um quarto escuro, respiro fundo e olho em volta.

Móveis antigos, caixas, cestos e porta-retratos se empilham até onde a vista alcança. Claramente é um local de armazenamento e nem os empregados vêm aqui. Há uma espessa camada de poeira sobre tudo.

Dare acende a luz e me guia em meio à bagunça.

Ele me leva até um canto nos fundos, onde uma enorme mesa anuncia um escritório improvisado.

— É seu? — pergunto, arqueando a sobrancelha. — Porque eu não consigo imaginar você aqui.

Ele revira os olhos e nega.

— Não, não é meu.

O chão range sob meus pés, e, quando olho para baixo, encontro uma pilha de fotografias emolduradas... de Dare, de Eleanor, do meu avô, da mãe de Dare. O vidro que as protege está estilhaçado.

Quem fez isso?

— Por que você me trouxe aqui? — sussurro, e de repente me pego agitada.

Há alguma coisa aqui, uma coisa importante, algo que preciso saber o que é.

Dare desvia o olhar, sua expressão é confusa.

— Olhe na base da pilha, Calla. — Ele aponta para uma pilha de envelopes sobre a mesa.

É um monte enorme, preso com um elástico.

Com dedos hesitantes, folheio os papéis.

Fico espantada ao encontrar as cartas que escrevi para meu pai ao longo das últimas semanas, fechadas, sem selo, não enviadas. Meu olhar assustado encontra o de Dare.

— Se as minhas cartas não foram enviadas, então como o meu pai vai saber se eu estou bem? — pergunto lentamente, tentando imaginar por que Sabine não as enviaria.

— Ele não vai saber. — Dare assente. — Aí é que está.

— Eu... Eu não sei o que está acontecendo — digo, em um sussurro instável, antes de desviar o olhar pela sala, pousando-o em uma cadeira atrás da mesa.

Há um blusão cinza ali, os punhos encostados no chão.

Eu já vi esse blusão antes, no homem que ninguém além de mim consegue enxergar.

Meu coração dispara.

Minha mente acelera.

— Não quero mais ficar aqui — declaro em voz alta.

Quero ir para casa, quero estar segura, quero ficar longe de *tudo isso*.

— Então vá embora. — As palavras de Dare são suaves e seus olhos são mais suaves ainda, de um negro líquido como uma noite estrelada.

E, neste momento, sei que não posso deixá-lo.

— Eu jamais deixaria você — digo a ele, e cada palavra é sincera.

Dare solta a cabeça para trás e começa a andar, circundando a mesa e parando à minha frente. Sinto seu cheiro, sua incerteza, e o olho nos olhos.

— Isso não diz respeito a mim, Calla — ele responde, com a mão no meu braço. — Se você precisa ir embora, deveria ir.

— Não vou deixar você sozinho.

Na minha mente, eu me lembro do garotinho que ele foi, do garotinho na fotografia e da dor que habitava seus olhos. Ele era tão pequeno, tão vulnerável, tão solitário. Agora Dare aprendeu a esconder tudo, mas isso me deixa ainda mais triste.

Seu sorriso é sombrio.

— Eu sempre estou sozinho, Calla. Já me acostumei.

De alguma forma, acredito em suas palavras. Independentemente das pessoas de quem ele se cerca, está sozinho porque não deixa ninguém se aproximar.

— Mas não precisa estar — ofereço. — Eu posso ajudar.

Me salve e eu vou te salvar.

Ele sorri, mas o sorriso não transparece em seus olhos, e então se inclina, seus lábios tocando meu pescoço quando ele sussurra no meu ouvido:

— Corra, ratinho. O falcão está chegando e você vai ser devorada.

Minha respiração sai em solavancos enquanto ele me deixa em meio ao caos do sótão. Ouço seus passos na escada e somente quando não consigo mais ouvi-lo me sinto à vontade para ir embora. Enfio no bolso as cartas ao meu pai e me arrasto escada abaixo. Escondo-as em meu quarto antes do jantar.

21

Peço para Jones me levar outra vez à igreja antes do jantar, e, para meu alívio, Padre Thomas está lá, ajoelhado aos pés de Jesus.

Quando entro, ele se levanta, sua batina caindo pesada contra os tornozelos.

— Calla — o padre me cumprimenta calorosamente, se mostrando sinceramente feliz em me ver.

— Você sabe o que foi que aconteceu em Whitley? — pergunto, sem rodeios.

Ele hesita e desvia o olhar, mas por fim responde.

— Sim — admite. — Foi terrível.

Andamos juntos, ele e eu, em direção à frente da igreja, onde nos sentamos em um banco. Minhas costas ficam tão duras quanto as de Eleanor, minha respiração, hesitante enquanto espero.

— Pode me contar? — pergunto, e ele ergue o olhar para Deus.

— Acho... — responde lentamente. — Acho que algumas coisas não devem ser ditas e talvez as ações sejam as verdadeiras respostas.

Fico confusa, digo isso ao padre, e ele assente.

— Você questiona o que aconteceu com Adair. Mas, para ser sincero, a única coisa relevante é quem Adair é hoje. Você sabe quem ele é, e isso é o que importa.

Mas eu sei o que sei.

Eu quero saber o que não sei.

— Eleanor Savage esconde — ele assente. — Ela não quer que as pessoas saibam ou comentem sobre o assunto. Talvez por isso você se depare com tantas muralhas em Whitley.

— Padre — digo devagar, observando sua expressão enquanto falo. — Você acreditaria se eu dissesse que tenho sonhos... sonhos envolvendo coisas que aconteceram?

— O que você quer dizer com isso, filha?

Então, como ele é um padre e jurou manter as coisas em segredo, à sua paróquia e a Deus, conto para ele.

Conto tudo para ele, como se estivesse confessando algum pecado enorme.

— Eu não peço para esses sonhos surgirem — afirmo, desesperada. — E, às vezes, não sei se estou louca. Talvez eu esteja imaginando o que vejo.

Assim como imagino meu irmão morto.

O padre suspira e segura minha mão, seu toque caloroso e sincero.

— Não sei explicar — ele finalmente admite. — Mas o seu sonho, nesse caso, é verdadeiro. Uma coisa horrível aconteceu... com Dare e Richard e Olivia. Richard era cruel e feriu Adair de mil maneiras diferentes. E um dia Dare não conseguiu mais aguentar. Mas ele pagou por isso, filha. Pagou mil vezes.

— Como? — questiono, o medo em minha voz, banhando minhas palavras.

— Se Dare quiser que você saiba, ele vai contar — Padre Thomas responde com cuidado. — Até lá, saiba que ele é um bom rapaz.

Eu sei que ele é bom. Conheço seus olhos, conheço seu coração.

Dare é bom demais para mim, mesmo que ele pense o contrário.

Mesmo se achando um monstro.

— Poucos sabem o que aconteceu — o padre continua. — Mas os que sabem sussurram por aí que Adair pode ser perigoso. Não acredite neles.

Eu fiz coisas terríveis, Dare certa vez disse.

Você não está segura.

Eu me concentro nisso, ou tento. Mas é coisa demais, demais, demais para eu me concentrar.

— Tem outra coisa, padre — continuo, falando baixinho, porque Jesus está me observando de seu lugar junto à parede.

O padre espera.

— Eu vejo uma pessoa — digo, hesitante, afinal sei que isso soa como uma grande loucura. — Quando estou andando por aí, como na última vez que estive aqui, ou em Whitley. Um homem usando um blusão de capuz cinza. Ele me observa e quer algo de mim.

O padre fica interessado.

— Ele fala com você? — pergunta, minha mão ainda junto à sua.

— Não. Ele parece querer que eu encontre alguma coisa, mas não sei o que é.

O padre me examina com uma expressão gentil.

— Você passou por muita coisa, Calla — afirma, com palavras carregadas de compreensão. — Talvez ainda esteja tentando processar tudo.

Quero afundar no chão porque ele basicamente está dizendo que eu sou louca.

— Eu não sou louca, sou? — pergunto, e ele nega com um gesto.

— É óbvio que não — responde, com firmeza.

— Tem a ver com o segredo do Dare? — questiono, e o padre dá de ombros.

— Eu não sei.

Ele não me trata como se eu fosse louca ou como se as coisas que digo fossem irracionais. O padre apenas ouve e sorri e segura minha mão.

Ele é um grande conforto, e eu digo isso a ele.

Hoje, quando vou embora, o rapaz do blusão não está por perto.

Graças a Deus.

Durante o jantar, Eleanor se vira para mim.

— Não esqueça, o evento é amanhã à noite. O seu vestido já chegou, com as joias e os sapatos. Você vai comparecer, eu presumo?

Como sempre, sua pergunta não é uma pergunta.

Confirmo balançando a cabeça.

— É claro.

Ela assente em resposta e nós continuamos comendo, e Dare está outra vez atrasado.

Desta vez, Eleanor ergue o olhar.

— Nem perca seu tempo se sentando — esbraveja. — Eu avisei. Se estivesse atrasado, nem precisava aparecer.

Sem dizer uma palavra sequer, ele dá meia-volta e sai andando.

— Com licença — murmuro e o sigo.

Ouço Eleanor me chamando, mas não me viro.

Os passos de Dare são longos, mas eu corro para alcançá-lo.

— Espere — digo, sem fôlego, puxando seu braço.

Ele é paciente e olha para mim.

— Vamos sair para jantar na cidade — sugiro. — Juntos.

Ele sorri com o convite e olha para a sala de refeições.

— Você sabe que ela vai ficar irritada se nós fizermos isso.

— Não estou nem aí — respondo, com sinceridade.

Vamos até a cidade no carro de Dare.

— Você vai ficar bem amanhã à noite? — ele quer saber. — Não conhece ninguém lá.

— Eu conheço você — respondo. — Você vai estar lá, não vai?

— Se você quiser a minha presença.

— Eu quero.

— Combinado, então — responde baixinho e acena para o garçom. — Ela vai escolher a sobremesa — diz ao homem magro.

Fiz uma coisa terrível, ele disse.

— O que você fez? — pergunto de repente, antes de dar uma mordida no bolo. — Qual é o seu segredo?

Dare se espanta, depois quase dá risada.

— Não importa mais — responde. — Porque você está aqui e o passado já foi.

Quase acredito que é fácil assim.

Terminamos o jantar e voltamos a Whitley. Enquanto estamos no carro, Dare cantarola.

Fecho os olhos, ouvindo, e sou embebida pelo som. Acho que é a música que ele tocou ao piano, então, quando chegamos em casa, peço para ele tocar.

E ele toca.

O salão está silencioso e escuro quando as notas começam a cair como neve pelo ar.

Eu me sento ao seu lado, contente por absorver o som, o cheiro, o ar de Dare.

Se ele é o ar, eu vou ficar feliz em respirar.

Quase flutuo com a música, e quando Dare termina o silêncio é estrondoso.

Ele me acompanha até meu quarto.

— Algumas coisas são melhores quando deixadas em paz — ele me lembra à minha porta.

— Mas o que isso...

Ele balança a cabeça, me interrompendo.

— Confie em mim.

Eu queria poder confiar.

Mas *ele fez uma coisa terrível.*

E eu preciso descobrir.

22

Quando me olho no espelho, uma mulher olha de volta para mim. Uma mulher cujo corpo está envolvido em seda vermelha, uma mulher com cílios longos e lábios carnudos.

— Você está linda — Finn elogia, arrumando o fecho do meu colar.

— Obrigada, mas qualquer uma ficaria linda neste vestido.

Ele não pode discutir porque não é real.

— O que você acha que vai acontecer esta noite? Um baile? Um sacrifício? Você vai ter que beber o sangue de um bode ou se banhar no de mil virgens?

Reviro os olhos.

— Duvido. Mas, se você estivesse aqui, teria que dançar "Macarena".

Ele bate a mão no peito e se joga na cama.

— Eu me recusaria.

— Que bom que não está aqui, então.

— Você dá conta — ele afirma. — Mesmo sem mim.

Eu não tenho tanta certeza.

Mas não tenho escolha a não ser ir.

Chego à grande sala de eventos e percebo que ela foi transformada em um salão de baile.

Está decorado com tule branco e luzes cintilantes, com velas e flores pungentes.

Encontro Eleanor, que está usando um vestido preto clássico e pérolas, conversando com um pequeno grupo de homens de terno. Seus lábios são tão duros quanto suas costas, e eu chego à conclusão de que ela nunca relaxa. Deslizo o olhar pela sala em busca do rosto mais importante, e não demoro a encontrá-lo.

Dare está no fundo, sentado a uma mesa em uma área escura.

Exatamente como prometeu.

Ele me observa, seu olhar é impenetrável. Usando smoking preto, ele está impossivelmente lindo, e eu percebo que não consigo desviar o olhar.

Dare segura um copo e toma um gole de um líquido âmbar, que parece ser algo forte, talvez uísque.

Minha respiração se torna rasa e não consigo recuperar o fôlego. Dou um passo em sua direção, e mais um, então paro. Porque sua expressão é tão ilegível.

Sem desviar o olhar, ele deixa o copo na mesa mais próxima e depois se vira, seguindo em direção às portas da varanda, que estão abertas. Dare sai para a escuridão da noite e eu preciso desesperadamente segui-lo.

Não apenas porque quero estar com ele, mas porque ele está deixando este lugar, deixando Eleanor, deixando os olhares curiosos das pessoas que perguntam quem eu sou.

Mas sou contida por essas pessoas esnobes e bem-intencionadas, que querem conversar.

De onde você é?

Vai estudar em Cambridge?

Vai assistir à partida de polo no fim de semana?

Vai tomar chá com a gente?

Eleanor, posso perceber, consegue contorná-las, então eu me sento sozinha em um canto, com um copo de algo que parece ser chá. E me pergunto se estaria batizado com álcool. E depois me pergunto qual seria o propósito desta festa... além de me forçar a interagir com as pessoas.

Por que Eleanor faria isso? Ela deve saber que eu não estou pronta.

As palavras de Dare ressurgem para me assombrar.

O falcão está chegando e você vai ser devorada.

Quem é o falcão? Ele?

Eu me viro de um lado para o outro tentando encontrá-lo, e ele está na varanda, agora acompanhado por uma loira. Ela o conhece, está claro. A jovem segura o braço de Dare, e isso faz meu estômago se apertar e a bile subir até a garganta. Ela é possessiva e ele não a afasta.

Eu me viro de costas.

Eleanor também está observando Dare e traz uma leve expressão de desgosto no semblante, mas é a mesma expressão que Eleanor sempre ostenta ao lidar com ele. Ela o detesta por algum motivo, isso é evidente. Mas por quê?

Estou sendo observada e corro o olhar pelo mar de rostos para encontrar Sabine andando ao fundo, usando um vestido preto.

Seus olhos me encontram na loucura, *mas todos somos um pouco loucos, não somos?*

Engulo em seco e me viro. Não há ninguém em quem eu possa confiar aqui.

Ninguém.

Ninguém.

Ninguém.

Avanço na direção do banheiro.

Porque preciso me esconder.

Uma vez dentro do silencioso toucador, eu me sento em um banco coberto de veludo e percebo minha respiração trêmula.

Eu não pertenço a este lugar.

Eu não pertenço a este lugar.

— Você não pertence a este lugar, não é?

É como se aquela voz calma tivesse lido a minha mente.

A voz pertence à loira libidinosa que ouvia atentamente cada palavra de Dare.

Assustada, ergo o olhar na direção dela.

Ela olha friamente para mim, mas sem maldade.

— Você está usando o meu vestido.

Meu coração salta.

O vestido foi feito para a senhorita Aimes, mas podemos fazer outro para ela.

— Ah — gaguejo. — Desculpe, eu não sabia.

Ela dá de ombros e olha para o espelho para retocar o batom. Está usando um vestido preto no lugar do vermelho, uma peça que abraça suas curvas. Ela não precisava deste vestido vermelho. Fica perfeita usando qualquer coisa. Tenho certeza disso.

— Sou Ashley — ela se apresenta e sorri pelo espelho. — E também odeio esses eventos. Eu posso te ajudar, sabia?

— Pode?

Ela assente.

— Vamos sair daqui. Vou mostrar onde eu me escondo durante essas festas horríveis.

Seu sorriso tem um tom de camaradagem, uma tábua de salvação.

Eu a sigo para fora e sinto o olhar de Dare apontado para nós.

Quando estamos na saída, ela se vira para mim.

— Você devia ter trazido um casaco. Pode ser que sinta frio.

Mas ela mantém a capota do conversível aberta, e a brisa é gelada enquanto aceleramos noite adentro, para longe de Whitley.

— Aonde estamos indo? — pergunto, aliviada por estar tão longe.

Ela olha para mim.

— Para um lugar que você precisa ver. Se você acha que precisa estar com o Dare, precisa saber tudo sobre ele.

Percebo algo em sua voz agora, uma frieza, e fico preocupada, porque talvez eu não devesse ter vindo com ela.

Ashley segue pela estrada segura, por uma ruela silenciosa, então paramos diante de uma construção velha e caindo aos pedaços.

— Venha comigo — ela grita por sobre o ombro, sofrendo para subir as escadas com seus sapatos pretos de salto.

Eu me sinto desajeitada enquanto a sigo, e ela não diminui o ritmo. O letreiro próximo à porta diz "Sanatório Oakdale" e eu fico congelada.

— Que lugar é este? — sussurro enquanto ela abre a porta.

— Você precisa ver para acreditar — ela murmura.

À nossa frente, um longo corredor se estende até onde a vista alcança, as paredes descascadas pelo tempo. As luzes fracas se acendem quando Ashley aciona o interruptor.

Não tem ninguém aqui, mas ouço gemidos, gritos, soluços.

— Não estou entendendo.

E eu mesma sinto vontade de chorar. Ashley revira os olhos.

— Você acha que alguém como o Dare não traz uma bagagem? Cresça, garotinha.

Ela abre as portas enquanto passamos, mas os quartos estão vazios, todos eles.

Mesmo assim, sinto presenças aqui.

Feiura.

Quase no fim do corredor, Ashley se vira para mim, seu olhar agora horrível, e eu devia ter imaginado.

— A mãe dele passou anos aqui — ela me confidencia. — Depois do que o Dare fez, não é de espantar.

Seus olhos são tão cheios de conhecimento, e eu fecho os meus,

Porque os gritos são ensurdecedores.

Em minha cabeça, vejo Dare, e ele é tão pequeno.

Ele se posiciona sobre a cama, paira sobre duas pessoas dormindo.

Alguma coisa brilha em sua mão, alguma coisa reflete a luz da noite.

E eu tento dizer para ele não fazer isso, avisá-lo para não se mover,

Mas é claro que ele não consegue ouvir.

Então vêm os gritos e o sangue.

Meu tio está ensanguentado na cama, uma mulher de cabelo escuro grita.

Vejo a alcova na cripta e seu nome está entalhado na pedra.

Richard William Savage II.

Os olhos de Dare estão arregalados e escuros,

Assombrados,

Assombrados,

Assombrados.

Puxo o ar com força e abro os olhos, mas minha realidade não é muito melhor.

Não estou mais em uma clínica abandonada. Creio que nunca estive.

Estou em um lugar pequeno, mas bem arrumado,

Um cômodo com uma variedade de equipamentos.

Um cômodo congelado no tempo.

O quarto está forrado com fotografias de Dare.

Que vão desde a infância, escola primária, secundário, universidade. Dare sorri para mim das paredes. Quando era pequeno, ele sorria, mas, com o passar do tempo,

Mais e mais,

Ele foi ficando assombrado e triste.

A mudança em seus olhos é impressionante.

Então,

De repente,

Uma mulher à minha frente, uma mulher de cabelo escuro. Ela tem os olhos de Dare, e eu sei quem ela é.

Olivia Savage.

Eu hesito e ela sorri.

— Você está aqui para trazer o meu filho? — pergunta, educadamente. — O menino das fotografias? Ele fez uma coisa ruim, mas está arrependido.

Não consigo respirar.

Não consigo respirar.

Olho em seu rosto, seu sorriso, e para a porta destrancada.

Ela estende a mão para mim,

E eu estendo a minha para segurá-la,

E então abro os olhos.

Eu nem sequer sabia que estavam fechados.

Estou outra vez no toucador,

E Ashley Aimes está à minha frente,

Com a irritação estampada em seu lindo rosto,

E *nós nunca saímos daqui.*

Nunca. Saímos. Daqui.

— O que há de errado com você? Meu Deus, você precisa de ajuda.

Ela sai andando e eu luto para respirar, tentando desesperadamente entender a realidade.

O que está acontecendo comigo?

Eu preciso mesmo de ajuda.

Eu preciso de Dare.

Porque ele estava tão ferido e eu o estou ferindo agora, mais e mais a cada dia, conforme o mantenho longe.

Ele não merecia aquilo.

Ele não merece *isto*.

Estou cambaleando,

Estou cambaleando.

O cômodo me sufoca, girando, se inclinando e sufocando. Avanço na direção da porta e sigo cambaleando em meio às pessoas, até chegar a Dare, na varanda.

Ashley está com ele agora, contando sobre meu colapso, e ele se vira para mim, com seu lindo rosto, um misto de espanto e medo.

— Dare... eu...

Lágrimas escorrem pelas minhas bochechas enquanto ele me segura, virando de costas para Ashley.

— Você não é um monstro — sussurro. — Não é.

Sem olhar para trás, ele me leva para longe,

Para fora do salão de baile,

Para longe dos olhares atentos.

— Eu vi o que aconteceu — sussurro e me viro para o casaco de seu smoking, escondendo o rosto. — Eu estou louca? Eu vi o que você fez. Eu sei que a sua mãe não está morta.

— Você não está louca. — Suas palavras são suaves, trazendo um tom leve que eu não ouvia vindo dele já há algum tempo.

Minhas paredes estão desmoronando e eu começo a chorar.

Os próximos minutos são um borrão.

Estendo a mão na direção dele,

ele me puxa para perto.

Sua respiração é doce,

sua camisa é alinhada e cheira a chuva,

almíscar,

e homem.
Suas mãos estão em todos os lugares,
Firmes,
Fortes,
E perfeitas.
Seus lábios são carnudos
E
Suaves.
Sua língua encontra a minha,
Úmida
Mentolada.
Seu coração bate forte,
O som é alto na escuridão,
E eu me agarro ao seu peito,
Sussurrando seu nome.
— Dare, eu...
— Vamos sair deste lugar — sugere. — Vamos deixar tudo para trás.
E assim fazemos.

23

Ele segura a minha mão e eu o sigo,

Porque eu o seguiria até o fim do mundo.

Agora sei disso, e digo a ele.

Dare se vira para mim, seus olhos tão tempestuosos e escuros.

Ele me abraça em meu vestido de seda vermelho, enquanto andamos pelos corredores de Whitley.

Seu quarto é escuro e masculino, a cama encostada à parede. Pulamos em cima dela e sua mão apoia minha cabeça quando caio no travesseiro.

Nossas roupas são arrancadas e nossa pele está quente, vermelha e viva.

Eu estou viva.

Dare vive livre.

Inspiramos essa liberdade e ele acaricia meus dedos com os seus, me invade, profundamente, e eu arfo e suspiro e estremeço.

— Eu... isso — murmuro no seu ouvido.

Que se danem as consequências.

Não me importo com quem ele é.

Não me importo com o que fez.

Dare está aqui.

Ele me faz sentir.

Eu o desejo.

Ele me deseja.

Então ele me toma.

Não há dor.

Ele está dentro de mim e me preenche, e suas mãos...

fazem mágica.

Seus lábios...

me dão vida,

Me preenchendo,

Me criando.

Digo seu nome.

Ele diz o meu.

Fico inebriada com o som, com a cadência, com a batida.

Seu coração segue com um ritmo firme.

Estamos tão, tão vivos,

E juntos.

Nossos braços e pernas se entrelaçam.

Nossos olhos se encontram e se prendem.

Ele me olha nos olhos enquanto desliza para dentro,

E para fora.

Eu me agarro a seus ombros,

Para mantê-lo perto.

Ele fica arrepiado,

A luz da lua entra pela janela,

Toca minha pele,

E a dele.

Seus olhos, emoldurados por cílios pesados e negros, se fecham.

Ele dorme.

Mas acorda no meio da noite e estamos outra vez juntos, e outra vez, e outra vez.

Toda vez é algo novo,

Toda vez é respeitoso e feroz e maravilhoso.

De manhã, enquanto é banhado pela luz do sol, Dare enfim desvia o olhar. Há vergonha em seus olhos, culpa em seu coração.

— Ela está morta agora — Dare me conta quando pergunto outra vez sobre sua mãe. — Mas não morreu com o Richard.

Não pergunto nada sobre Richard,

Não peço a Dare para confirmar o que já sei.

Ele matou o padrasto,

E isso deixou sua mãe louca.

— Agora você entende por que eu não mereço você? — pergunta, e sua voz é quase frágil.

Você é mais do que eu mereço.

Ele falou isso antes, várias vezes, e eu nunca entendi o que queria dizer. Agora sei, mas ainda assim não é verdade. Eu não sou mais do que ele merece, nem de longe, jamais.

Dare se senta na cama.

— Venha comigo — diz de repente. — Vamos deixar este lugar para trás. Você não precisa estar aqui para se recuperar. Nós podemos encontrar paz e tranquilidade em qualquer lugar. Podemos ir juntos, Calla.

Mas eu fico paralisada e minha hesitação funciona como resposta, deixando o rosto de Dare desanimado.

— Você não está pronta para ir — ele percebe.

— Não é isso — explico devagar. — Eu posso ir... Se não houver mais nada que eu precise saber. Esse era o seu único segredo, Dare? — Minhas mãos deslizam pelo seu peito, sentindo o coração que bate só para mim. — Era isso que você não queria que eu soubesse?

Ele nega com a cabeça.

— Não.

— Tem mais?

Ele assente.

O quarto gira, e gira, e gira, e eu estendo as mãos.

Estou caindo,

Caindo,

Caindo, e não sei onde vou parar.

O mundo é um palco e todos nós representamos papéis falsos.

O desafio foi lançado,

Foi lançado,

Foi lançado.

Eu sinto
A verdade.
Está chegando,
E é sombria,
E eu não vou gostar dela.
Eu sinto.
Eu sinto.
Todos temos que interpretar um papel. Vou interpretar o meu bem.
Mas qual é o meu papel?
Eu me concentro,
E penso,
E mais coisas virão.
Todos somos um pouco loucos, não somos?
Sim.

24

As coisas mudam com Dare.

Ele continua sendo o *meu Dare*.

Continua reservado, porém doce.

Forte, porém vulnerável.

Agora parece resguardado, como se estivesse à espera de algo terrível,

De algo inevitável.

Isso me deixa desconfortável, e, embora estejamos juntos noite após noite, eu o sinto se distanciando de mim. É o suficiente para me deixar em pânico.

Durante o jantar, ele me observa.

Durante o dia, ele anda comigo.

Ele me desenha.

Ele me ama.

Mas sempre tem uma coisa em seus olhos, uma coisa escondida, uma coisa que ele não está disposto a dividir.

— Ainda não chegou a hora — sempre diz quando eu pergunto. — Mas logo vai chegar.

Sinto que eu deveria estar progredindo.

Eu deveria estar crescendo.

Eu deveria estar me recuperando.

Mas não estou.

E, quanto mais penso nisso, mais sei o motivo.

Então, em meu quarto, depois que tomei meu chá, sei que preciso fazer uma coisa. Uma coisa que tenho adiado, uma coisa que deixa meu coração pesado.

— Finn — chamo em voz alta, e no mesmo instante ele aparece ao meu lado.

Meu irmão abre aquele seu sorriso para mim, e meu coração se parte com o que tenho que fazer.

— Não posso mais ver você — digo, entristecida, e ele desvia o olhar.

— Eu sei.

— Como eu vou fazer para ficar sem você? — pergunto baixinho, segurando sua mão.

É pálida e eu conheço aquela mancha no nó de um dedo. Ele a carrega desde que tínhamos cinco anos.

Finn dá de ombros e tenta agir com indiferença, mas este momento é grandioso e ele sabe disso.

— Não sei, Cal. O que alguém faria sem mim?

Ele sorri e eu choro, porque não consigo evitar.

Porque Finn é minha outra metade, mas *tenho que ficar lúcida.*

— Não chore — diz suavemente, dando tapinhas nas minhas costas. — Vai dar certo. Vai dar tudo certo.

— Não vai — arfo em meio às lágrimas. — Tem tanta coisa que eu não entendo e não vou conseguir entender sem *você.*

Agora Finn ri e se levanta, seus cachos castanhos caindo sobre o olho.

— Que absurdo — ele me diz, e o humor deixa sua voz enfraquecida. — Você pode fazer qualquer coisa, Calla.

— Não posso continuar me despedindo de você — afirmo, e ele sabe que estou certa. — Toda vez é como arrancar o curativo, e você sempre leva um pedaço do meu coração.

— Então pare de falar comigo — ele diz, direto, olhando dentro da minha alma. — Você é a minha irmã e sempre vai ser a minha irmã. Eu não preciso estar ao seu lado para você saber disso.

Fecho os olhos.

— Não consigo.

Sua mão está sobre a minha.

— Você consegue.

O silêncio recai, e a mão dele está fria.

Sua mão é fria porque ele está morto.

— Boa noite, meu doce Finn — eu sussurro. — Boa noite.

Vejo sua lápide, a libélula, o sepulcro.

Sua mão desaparece.

Eu abro os olhos.

Estou sozinha.

Pego um papel e uma caneta e escrevo mais uma carta para meu pai. Não sei por que ainda faço isso, afinal ele nunca responde.

Mas eu escrevo e escrevo e, quando termino, entrego-a a Sabine.

— Desta vez você vai enviar, não vai? — questiono.

Ela assente.

— De manhã. Agora vou fazer uma xícara de chá, filha. E vou levar para você no salão.

Eu me sento e espero. Enquanto isso, recebo uma visita.

Padre Thomas.

Jones o traz até mim e eu sorrio.

— Que bom vê-lo, Padre.

Porque é bom.

Ele se senta comigo ao sol, conversando e segurando minha mão. É uma presença que me acalma, e eu a absorvo enquanto posso.

Ele olha pelas janelas, para os jardins, as estátuas, as flores e vielas.

— Você gosta daqui? — pergunta baixinho, e eu só consigo negar com a cabeça.

— Não. Pensei que fosse me acostumar, mas já percebi que não vou.

Padre Thomas sorri.

— É um lugar assustador — ele concorda. — E não é para todo mundo. Talvez seja hora de você ir embora, filha.

Desvio o olhar.

— Eu sei. Mas não sei para onde ir.

O padre inclina a cabeça, a luz brilha em seus olhos.

— Vá para casa, filha.

Para casa.

O lugar onde as lembranças me flagelam. Onde os sapatos e o diário e a cama desarrumada de Finn esperam, as coisas que ele nunca mais vai usar.

Para casa, um lugar cercado pela morte.

— Pode ser — sussurro.

Ele oferece outro sorriso.

— Vamos rezar juntos antes de eu ir embora.

Concordo e ele descansa a mão na minha testa.

— Por meio desta santa unção, que o Senhor, em seu amor e misericórdia, a ajude com a graça do Espírito Santo. Que o Senhor, que liberta dos pecados, a salve e a levante. — Ele afasta a mão. — Amém.

— Amém — também murmuro.

Acompanho o padre quando ele vai embora, e ele acena enquanto dirige para fora da mansão.

Depois, saio correndo porque Dare não está aqui e eu estou agitada.

Os mausoléus estão em silêncio, os jardins parados.

E então

Aparece o rapaz encapuzado.

Ele está do outro lado da cerca,

Com a cabeça inclinada apenas o suficiente para eu não conseguir ver seu rosto.

Dou um passo em sua direção e ele dá um passo na minha.

Seu rosto está escurecido e eu o observo,

Depois mais um passo.

E mais um.

Ele para.

— Quem é você? — pergunto, e as palavras são levadas pelo vento.

Ele inclina a cabeça, mas não responde, embora haja um rugido grave vindo de sua garganta.

— O que você quer?

Ele permanece calmo, com a cabeça baixa. Mas ergue o braço,

E aponta para mim.

Ele me quer.

Corro para dentro da casa sem olhar para trás.

25

Sinto que preciso ir para casa.

Sinto esse pensamento se agarrando a mim, me puxando.

Não estou segura aqui.

Mas não posso deixar Dare.

Não posso deixá-lo porque ele é meu.

O Dare que ele mostra ao mundo é diferente do *meu Dare,* aquele que me segura em seus braços. Porém, sinto os segredos dele penetrando na minha pele, nos meus ossos, e isso não é algo que ele possa fingir.

Desejo que Dare confie em mim, confie muito em mim, mas ele ainda não chegou a esse ponto. Ainda há algo a saber... uma resposta a ser conquistada.

Preciso descobri-la.

Ainda não cheguei muito longe quando Sabine me encontra.

É como se ela estivesse à minha espera.

— Chegou a hora de ler as suas cartas outra vez — diz, como se não fosse uma da manhã, como se fosse algo normal.

Começo a negar com a cabeça, mas ela se recusa.

— É importante — insiste.

Seus dedos enrugados afundam na minha pele, as unhas tocando meus músculos. Eu a deixo me levar a seu quarto, que está escuro e a luz da lua recai sobre a mesa.

As cartas já estão espalhadas na mesma cruz estranha, o dourado brilhando na noite.

— Você começou sem eu estar aqui — aponto delicadamente.

Sabine olha para mim e se senta.

— Eu as leio todos os dias — admite. — Mas, recentemente, na noite da festa, elas mudaram.

A noite em que fiquei com Dare.

A noite em que descobri o que ele fez.

É claro.

Tudo mudou naquela noite.

Eu senti.

— Pegue uma carta — ela instrui. — A que está por cima.

Faço isso. Sinto o baralho frio entre meus dedos.

Um padre aparece contra um vitral.

— O Hierofante — Sabine sussurra. — O mestre. Significa que você precisa me ouvir agora. Chegou a hora de ensinar.

— De me ensinar o quê? — pergunto, com uma voz que não passa de um sussurro.

Agora estou com medo do tom de voz dela, das cartas, deste lugar. Foi errado ficar aqui. Agora sei disso.

Havia uma bifurcação na estrada e eu escolhi o caminho errado.

— Tenho que ensinar o que você precisa saber. A sua mãe não me deixou ensiná-la, ela foi embora. Mas você está aqui e precisa aprender comigo, filha.

Meu Deus. Tudo fica cada vez mais esquisito. Começo a me levantar.

— Vou voltar para a cama agora — digo a ela. — Isso já ficou estranho demais para mim.

— Sente-se — Sabine ordena, com uma voz rígida e alta, e que não aceita ser contrariada.

Eu me sento.

Não posso fazer outra coisa.

Ela analisa as cartas, os olhos de Sabine se movimentam tão rapidamente que os vejo indo de um lado para o outro, mais e mais ágeis, como se ela estivesse vivendo um sonho.

Por fim, eles me encaram.

— Sua mente é um dom — declara. — Mas você precisa aprender com ela, ou então vai acabar louca.

Suas palavras não fazem sentido.

Sem entender, eu a encaro.

Seus olhos trazem mil vidas.

Observo todas elas, sua mente cigana, e percebo que ela acredita que tudo o que está dizendo é verdade.

— Ela é parte da vida, como o vento ou o sol — afirma, com sua voz rouca e velha. — Não é nada estranho ou anormal. Nós sabemos o que acontece, e outras pessoas não sabem.

Ela faz uma pausa e olha pela janela, para a grama escura dos pântanos.

— Você é capaz de ver coisas — enfim declara. — Coisas que podem parecer sonhos. Talvez se sinta mal depois, com dor de cabeça. Talvez até se sinta louca. Mas não está.

As criptas.

O quarto dos pais de Dare.

O sanatório e a mãe de Dare.

Tento esconder minha expressão, mas Sabine já percebeu e sorri com seus dentes grotescos.

— Está vendo? Você sabe do que eu estou falando.

— Eu não... não é... de verdade.

Ela inclina a cabeça.

— Seus sonhos são importantes. Mesmo quando você está acordada.

Sinto vontade de gritar com toda essa insanidade, porque tudo parece um pesadelo.

— Por que eu estou aqui? — questiono. Afinal, durante todo o tempo senti que havia um motivo maior.

— Para se recuperar — ela diz, mas sei que há mais coisas por trás disso.

Sabine me entrega um colar, que brilha dourado contra a luz da noite e traz uma medalha com uma flor gravada. Um copo-de-leite.

Tento abri-la, mas está trancada.

— É o seu segredo — Sabine explica, os olhos escuros tão inteligentes.

— Por que eu tenho um segredo?

— Porque não temos escolha — responde enigmaticamente. — Porque pagamos pelos pecados daqueles que vieram antes de nós.

Com um suspiro, uso minhas pernas trêmulas para deixar seu quarto e voltar ao meu. Contra meu lado racional, coloco a corrente para dormir, deixando a medalha se ajeitar no meu peito.

E é a primeira noite em que sonho com ela.

Olivia.

A mãe de Dare.

Ela usa uma camisola branca, translúcida e leve, e está parada perto da janela.

Seu cabelo cai molhado pelas costas, e percebo que seu corpo é pequeno e delicado.

Ela se vira e tem olhos como os de Dare e tão, tão tristes.

— Eu não sei onde estou — sussurra, e seus olhos me imploram por ajuda. — Eu não sei.

Ela dá meia-volta e olha pela janela para o mar.

Atrás de nós, as ondas estouram.

Nas paredes, dependuram-se fotografias de Dare, desde a infância até a idade adulta.

Olivia olha para elas com pesar.

— Você pode trazê-lo para mim?

Quero responder que sim, mas não consigo.

Meus lábios estão congelados.

Minhas palavras são de gelo.

Não consigo derretê-las.

Não consigo trazê-lo.

Me salve, salve-se.

Acordo sozinha e ensopada de suor.

— Finn? — chamo, desesperada por me sentir calma, mas ele não responde.

Vai chegar um dia em que não vou responder, ele disse certa vez. Seria hoje esse dia?

A luz da lua recai sobre meu criado-mudo, e a caixa de chás de Sabine fica iluminada. Pego um punhado de folhas e preparo uma xícara.

Preciso ficar calma,

Preciso ficar calma.

Esse deve ser o caminho.

O chá me deixa alheia a tudo e eu consigo dormir por horas e horas. Quando enfim me levanto e saio, na tarde seguinte, Sabine me encontra na biblioteca.

— Você usou a medalha para dormir? — pergunta.

Olho irritada para ela.

— Eu sonhei com Olivia Savage. Era isso que você queria ouvir?

Alguma coisa, algo que não consigo ler, aparece estampado nos olhos de Sabine.

— O que você sonhou?

— Nada demais — tenho que admitir. — Só vi o rosto dela. Ela tinha fotos do Dare penduradas na parede. Eu via o mar pela janela. É como se ela não soubesse onde o Dare está. E me pedia para levá-lo até ela.

Satisfeita, ela assente.

— É o suficiente.

Suficiente para quê?

Mas tenho medo de perguntar.

— Chegou uma carta para você hoje — ela me diz ao me entregar um envelope surrado.

Eu o abro violentamente e encontro a caligrafia do meu pai.

Chegou a hora de vir para casa, ele diz, de forma simples e direta.

Acho que deve estar certo.

Logo.

Logo vai ser hora de ir para casa.

Deixo Sabine e procuro Dare.

Encontro-o sozinho em nosso jardim secreto.

Meu coração dá um salto quando o vejo, com a imagem de Dare tão irreverentemente encostado à estátua de um anjo, com a familiaridade em seus olhos quando ele me vê. Enfrento a necessidade de me jogar em seus braços, e é claro que não faço isso, porque o calor em seus olhos esfriou.

— O que você está fazendo aqui? — ele pergunta, muito reservado.

Fico afobada.

— Eu estava te procurando.

— Eu não sirvo para você — responde. — Talvez devesse parar de me procurar.

Sinto uma pontada no coração.

— Nunca.

Sua expressão se desarma e eu continuo:

— Você precisa me deixar descobrir o que é bom para mim.

Dare me olha entristecido.

— Não posso. Você não conhece todos os fatos.

— Então me conte tudo.

— Também não posso fazer isso.

Estamos em um impasse, em uma bifurcação na estrada.

Há dois caminhos, e eu sempre tomo o errado.

— Você vai ser a minha ruína — lembro as palavras premonitórias de Sabine.

Dare fecha os olhos e assente.

— O que significa isso? — minha voz é sincera.

Há dor nos olhos de Dare, uma dor real.

O tipo de dor que não pode ser escondida, que não pode ser contida.

— Eu quero que você saiba — ele me diz, a voz rouca e sincera.

— Mas não pode me contar — pressuponho.

Dare confirma com a cabeça.

— Ainda não. As coisas têm que seguir a sua ordem.

Sua ordem.

Sua ordem.

Sua ordem.

As coisas precisam acontecer na sua ordem, Calla. Você não entende? Você não consegue entender?

Lembro os gritos de Finn antes, mas antes de quê?

O tempo está embaçando agora, tudo se misturando, e eu não consigo entender nada.

Estou parada no penhasco, olhando para o oceano, mas não estou.

É Finn.

Mas era eu.

Carros.

Sangue.

Sirenes.

Escuridão.

Boa noite, meu doce Finn. Boa noite, boa noite.

Proteja-me, São Miguel.

Proteja-me,

Proteja-me.

Minha mente não pode suportar o estresse,

Não consegue suportar a pressão.

Minha mente é um elástico,

E vai estourar.

Ele vai ser a sua ruína, filha.

É a primeira coisa que faz sentido.

26

Estou sentada no quarto de Olivia, sua medalha nas minhas mãos.

É dourada, delicada, verdadeira. E fria nas minhas mãos.

Eu me concentro nele, no copo-de-leite entalhado.

Simbólico? Irônico? Coincidência?

Nada é coincidência nesta casa, isso é algo que já percebi.

A luz do sol entra, passando pelas cortinas, lançando uma luminosidade parcial no quarto. Balanço o pingente de um lado para o outro, vendo-o brilhar, vendo o copo-de-leite ir e vir.

De lá para cá.

De lá para cá.

Então

Eu a vejo.

Olivia.

Claro como o dia.

Parada diante de mim.

— Você pode trazê-lo para mim? — ela pergunta, sua voz baixa e leve. — É só isso que eu quero saber.

A confusão se levanta como uma onda, batendo em mim, passando sobre mim, se espalhando à minha volta.

Posso?

— Não sei — respondo. — Onde você está?

Fico intrigada, mas a visão termina e abre espaço para a náusea, como sempre acontece.

Quando retomo a consciência, estou com as mãos e os joelhos no chão, o quarto girando à minha volta, até parar.

Assim que consigo, vou cambaleando até meu quarto e preparo uma xícara do chá de Sabine, porque o chá me acalma. É a única coisa que me acalma.

No jantar, Dare está tocando piano, as notas ecoando levemente.

— O tempo aqui passa tão rápido — comento com Eleanor.

Tomo outra xícara de chá porque parece que isso é tudo o que faço agora. Minha relação com a realidade é tênue, e tudo o que posso fazer é protegê-la.

Eleanor arqueia uma sobrancelha, mas não discute.

— O tempo é seu inimigo, Calla — é tudo o que diz.

Coloco a xícara sobre a mesa e a observo, as folhas de chá parecem formar um ponto de interrogação. Olho hipnotizada para o sinal até Jones aparecer para retirar a xícara.

E naquela noite volto a sonhar.

Mas não com Olivia. Sonho com minha mãe, Finn, meu pai e Dare.

A noite é escura, o chão é frio.

É nisso que estou pensando quando entramos no carro, Finn, meu pai e eu.

Alguém está nos seguindo,

Mas isso é impossível.

Porque vivemos no topo de uma montanha,

E não há mais ninguém aqui.

Meu celular está no meu colo.

Minha mãe está gritando.

Dare está subindo a montanha, coberto de sangue.

Tudo fica escuro.

Eu não sei.

Eu não sei.

Eu não sei.

Estou acordada e murmurando, e um minuto se passa antes de minhas palavras se tornarem coerentes.

— A noite é escura, o chão é frio.

Não sei o que isso quer dizer.

Só sei que sou o coelho e Whitley é o buraco e eu estou caindocaindocaindo.

Tenho medo da escuridão, porque ela parece uivar do lado de fora da janela.

Tenho medo de ficar sozinha, então saio correndo da minha cama,

E faço o caminho até a cama de Dare.

Espero que ele me rejeite, mas isso não acontece.

Ele está coberto por lençóis, em meio a cobertores retorcidos, mas não parece surpreso ao me ver.

Dare apenas abre os braços.

— Venha aqui — diz,

E eu vou.

A voz de Sabine me acalma, me tranquiliza.

— É para ser assim — ela diz, mas eu não entendo.

— O que é para ser assim? — pergunto, soando tão infantil quanto uma criança.

É minha inocência transparecendo, e ela sorri.

— Tudo.

— Há uma razão para eu estar aqui? — pergunto, embora já conheça a resposta.

— Sim — ela assente. — Existe. E você vai descobrir.

— Você pode me ajudar?

Ela assente outra vez.

— Eu já estou ajudando, filha. Eu já estou ajudando.

Ela me passa o chá e eu o pego.

— Tem calmante nisto aqui? — pergunto, até certo ponto brincando, e ela sorri.

— Não.

— Pode colocar?

Ela sorri de novo.

— Você não precisa disso.

Quero contrariá-la, mas não o faço.

— A verdade está chegando, filha. Esteja preparada.

Eu tento estar, mas é difícil, porque não sei o que esperar.

Faço o que é preciso todos os dias, atendo Eleanor quando ela me chama e passo as noites com Dare.

Durante os dias, ele é distante e frio, mas à noite é diferente.

É caloroso e gentil e meu.

À noite, sou livre.

Nocte liber sum.

Esta noite ele me espera.

Esta noite ele está deitado ao meu lado, apoiado no cotovelo, olhando para mim.

— Você sempre foi minha — me diz, com uma voz grave. — Mesmo antes de saber.

Ele me beija quase antes de eu poder responder, antes de eu poder dizer que ele também é meu. Suspiro e ele suga o ar, sua língua na minha boca. Os lábios de Dare são suaves, os braços são firmes, e eu não quero nunca deixar sua cama.

Pela primeira vez durmo em seus braços, o ritmo de sua respiração e do coração me leva ao sono.

Mas seus braços não conseguem manter os sonhos distantes.

Vejo sangue, como sempre, mas não é o meu sangue.

Não é o de Finn.

É o de Dare.

Olivia está outra vez à minha frente, seu olhar é acusatório.

Surpresa, eu a encaro.

— Por que você está aqui?

Ela também me encara.

— Por que você está? Você não pertence a ele.

— Pertenço — rebato. — Eu pertenço.

— Você não o merece — Olivia sussurra, seu rosto empalidecendo. — Você é a ruína dele.

— Por que eu sou a ruína dele? — quase grito. — Eu sou inofensiva. Nunca fiz mal a ninguém.

— Fez, sim — ela simplesmente declara, acenando com a mão.

Os penhascos próximos à minha casa aparecem, assim como o carro de minha mãe amassado no desfiladeiro. Há sangue, há gritos e eles estão mortos.

— Eu liguei para a minha mãe — me recordo. — Ela bateu no carro do meu irmão.

Olivia me encara.

— O passado é uma prisão e você nunca vai se libertar.

— Acorde, Cal. Acorde.

Agora é Dare, e ele está sussurrando em meu ouvido, e sua pegada é forte demais em meus braços. Eu me esquivo.

— Por que você disse isso? — ele quer saber, os olhos turbulentos.

Os lençóis envolvem sua cintura, e seu peito está nu.

— Disse o quê? — pergunto tolamente, lutando para deixar a onda de sono para trás.

— Que o passado é uma prisão — ele responde, austero. — Minha mãe costumava dizer isso.

Balanço lentamente a cabeça, de um lado para o outro.

— Não sei por que eu falei isso.

Não posso contar a ele que venho sonhando com sua mãe.

Ele vai me achar louca,

Porque eu sou.

Dare se afasta de mim, e sua ausência é fria.

— O que está acontecendo, Calla? — pergunta, de costas, enquanto se senta na beirada da cama. — O que você sabe?

Sou péssima mentindo, então decido nem tentar.

Que se danem as consequências.

— Eu sei que todo mundo quer uma resposta minha. Eu sei que estou aqui por um motivo.

Dare olha para mim por sobre o ombro, e sua expressão é totalmente vulnerável.

— Estou cansada de me sentir louca — confesso. — Essa é a resposta? É isso que todo mundo está esperando? Que eu admita que estou louca?

Ele nega e suspira.

— Você está mentindo para mim? — exijo saber, e ele usa os dedos para afastar meu cabelo para trás.

— Não.

— Um segredo e uma mentira são a mesma coisa — declaro.

Dare desvia o olhar, porque sabe que é verdade.

27

A cada dia me convenço mais de que estou perdendo a sanidade.

A cada dia, Sabine me convence de que não estou.

— Feche os olhos — ela orienta, e eu faço isso.

Sabine segura a minha mão com sua mão seca, pequena e enrugada, enquanto eu absorvo seu calor.

— Imagine o lugar onde você viu a Olivia — ela instrui, e obedeço.

Ouço o oceano, vejo as fotos de Dare, vejo a camisola translúcida, seu rosto suave em formato de coração. Ouço a acusação em sua voz.

— Traga-o para mim — ela orienta.

— Onde você está? — pergunto.

— Perto — ela responde, misteriosa.

— Pode me dizer o lugar?

Ela nega com a cabeça, e seu rosto está muito triste.

— Não. Você precisa descobrir.

Eu me sinto indefesa e assustada, e essa sensação cresce e cresce.

— Não consigo descobrir — digo, desesperada. — Esse é o problema. Você está morta. Eu não sei onde você está.

— Você consegue — ela me assegura. — Precisa descobrir. A energia não pode ser destruída. Eu estou em todos os lugares.

Aperto os olhos com força, e, em seguida, as imagens se iluminam e se transformam.

Estou entrando em um carro.

Finn está comigo, meu pai também.

— Se eu vou, então eu dirijo — digo a eles.

Eu desço a montanha ao volante.

E minha mãe,

Minha mãe,

Minha mãe.

A noite é escura, o chão é frio.

As palavras são sussurradas e se transformam, e eu fico confusa.

Olho para Olivia.

— Não foi isso que aconteceu.

Ela assente e está triste, e seus olhos se transformam em faróis.

Fico assustada e meus olhos se abrem.

Sabine está me esperando, esperando respostas.

Tudo o que tenho são perguntas,

E confusão,

E mentiras.

Não foi assim que aconteceu.

Sabine continua esperando, seus olhos escurecidos.

— Você viu a Olivia?

Confirmo. Porque eu realmente a vi.

— O que havia em volta dela? O mar? Alguma outra coisa?

Balanço a cabeça.

— Não. Ela estava parada à minha frente.

Sabine raspa a garganta e é paciente.

— Você precisa abrir a mente, Calla. Deixe as coisas virem.

Eu tentei. Mas, quando faço isso, o que vem são absurdos.

Mentiras.

Mas faço um gesto para mostrar que vou seguir o conselho. O que mais posso fazer?

Eles precisam que eu descubra as coisas.

Olivia está perdida.

Eu também estou.

Isso não pode ser verdade.

Sonhos não são verdades.

— Os *seus* sonhos são — Sabine me diz. — Eles são o jeito que a sua mente tem de levá-la para a luz. Siga-os, Calla.

A única coisa que eu sigo é Dare. Ele vem me buscar, e nós andamos pelos corredores e passamos pelos jardins, fazendo o caminho até chegar ao nosso lugar.

O jardim secreto,

Nosso lugar.

Os anjos nos encaram com olhos vazios, e eu me aproximo de Dare.

Ele é tão caloroso,

Tão forte, tão forte,

Tão real.

— Isso está acontecendo? — pergunto a ele. Porque às vezes eu não consigo saber o que é realidade ou não.

Ele usa o polegar para erguer minha cabeça, voltando meu rosto para o céu. Seus olhos me desejam, me acariciam, me incendeiam.

Eu me entrego às suas mãos,

E ele me segura.

— Eu sou de verdade — diz contra meu cabelo. — Você é de verdade.

Estamos parados à luz do sol,

Não há motivos para ter medo.

Certo?

Dare me beija, e seus lábios são a luz do sol. Ele me toca e seus dedos são a lua. É noite em algum lugar, e à noite somos livres.

Nós estamos juntos como as estrelas,

Sob o abrigo do gazebo.

Longe da vista,

Longe de tudo.

Só nós dois.

Nossa pele está quente,

Nossa boca, necessitada.

Estamos sozinhos.

Exceto pelos malditos anjos.

— Os anjos me dão medo — sussurro, puxando-o para perto.

Ele me abraça forte.

— Eu sei — diz. — Por que será?

— Não sei — respondo, e é verdade. — Talvez sejam os olhos deles. Eles me veem.

— Eu vejo você — ele me lembra, e seus olhos são negros.

Negros, negros,

Negros como a noite.

— Sempre vai ver? — murmuro, e seu pescoço tem gosto de sal.

Meus dedos encontram seu VIVA LIVRE.

— Sim — promete.

— *Repromissionem* — digo a ele. — Em latim.

— Eu sei.

28

A cozinha está surpreendentemente iluminada, e, empoleirada em um banquinho, pego um bagel enquanto Sabine cozinha.

— Não tem cozinheiros aqui? — pergunto, curiosa, já que nunca antes estive na cozinha.

— É claro que sim, filha — ela responde sem se virar. — Mas eu preparo o meu chá.

A panela que ela está usando é enorme, e eu a observo, desconfiada.

— Essa panela é grande demais para fazer chá, Sabine.

Ela ri antes de me analisar.

— Eu quero ler as suas cartas outra vez — anuncia. Quando demonstro resistência, ela acrescenta: — Uma última vez.

Uma última vez?

Certo.

Eu a acompanho até seu quarto e ela organiza minhas cartas em um círculo.

— Ah — arfa, puxando uma delas. — O Cavaleiro de Ouro. — E olha para mim. — Significa que alguma coisa finalmente vai se concretizar. Está chegando a hora, filha.

— Chegando a hora de quê?

Sem responder, Sabine puxa outra carta.

E a vira.

Uma mulher segurando uma balança, com o rosto sereno.

— Justiça — anuncia Sabine. — Ela representa o equilíbrio. Uma mente equilibrada, um coração lógico. As coisas vão fazer sentido para você em breve. Você as verá como elas são.

Deus, espero que sim.

Sabine inclina a cabeça e seus dedos se mexem, depois ela puxa uma última carta.

É o crânio negro.

A carta da morte.

— O que essa significa? — Minha voz sai trêmula, e é claro que já conheço o significado.

Sabine mexe a cabeça.

— Nem sempre significa a morte, filha. Às vezes só quer dizer uma mudança na ordem das coisas, ou mesmo um renascimento.

— Mas às vezes... ela simplesmente significa a morte, certo?

Minha voz fraqueja e Sabine assente.

— E nesse caso?

Ela encolhe os ombros.

— Não sei. Temos que esperar para ver.

Não é a resposta que eu queria.

Hesito, mas minhas palavras saem antes que eu consiga contê-las.

— Você sabe o que aconteceu com o meu tio?

Sabine fixa o olhar na mesa, não o ergue.

— Você sabe? — insisto, gentilmente.

— Achar que quer a resposta de uma coisa não significa que realmente você queira — ela responde, suas palavras um pouco trêmulas.

Olho para Sabine.

Sem se intimidar, ela me encara de volta.

— O Dare é um bom rapaz — afirma, embora eu jamais tenha dito o contrário. — E o que ele fez, bem, tinha que ser feito. Ele era novo e pagou o preço. Nunca mereceu aquilo.

Mas ela não dá mais detalhes, e não sei se quero saber.

Saio de seu quarto,

Seguindo na direção dos estábulos.

Não consigo ficar dentro da casa,

Não posso ser contida.

Meus pensamentos são meus inimigos, porque eles trazem coisas que eu não quero saber.

Peço ao cavalariço para colocar a sela em Júpiter.

— Tem certeza, senhorita? — ele olha para mim e espera que outra pessoa apareça. — Quer cavalgar sozinha?

Confirmo com a cabeça. É claro que tenho certeza.

A brisa afasta meu cabelo do rosto enquanto cavalgo para longe da casa,

Enquanto cavalgo em direção à represa.

O lugar onde Dare me levou para nadar.

Prendo as rédeas de Júpiter ao tronco de uma árvore e o deixo pastando.

Tiro a blusa e o short e entro na água.

Não está tão frio quanto antes,

Não me deixa sem fôlego.

Eu deslizo para baixo da superfície.

Deixo a água cobrir meu rosto, cobrir minha cabeça, meu cabelo esvoaçando. Fico imersa por todo o tempo que consigo, até meus pulmões parecerem quentes e pesados, e enfim volto à superfície. Flutuando de costas, olho para o céu.

Estou boiando,

Sou um barco.

Mas então ela está outra vez à minha frente.

Olivia.

Seu cabelo parece fogo, e seus olhos são selvagens.

— Ajude-o! — ela grita.

Olho na direção para onde ela aponta, mas só vejo um carro, a lataria amassada.

— Você fez aquilo — ela lamenta, balançando para a frente e para trás, afundando em seus calcanhares.

Sua camisola lisa se arrasta na água.

De repente o carro pega fogo, embora metade dele esteja submersa. Queima como pólvora, enquanto a outra parte permanece sob a água, e não está em chamas.

Uma sombra aparece.

O rapaz do capuz.

O que ele quer?

Então eu me forço a sair da água,

E estou outra vez em Whitley.

Estou na banheira, com a água respingando pelas laterais.

Dare segura uma toalha de rosto e a passa nos meus braços. Seguro sua mão com a minha, então ouço minha voz selvagem:

— O que aconteceu? Deus, me diga. Não aguento mais isso, Dare.

Ele me observa entristecido, a frente da camisa úmida.

Sua expressão lembra seu rosto quando criança, aquele rosto assombrado, triste. Aquele que sofria porque meu tio batia nele, porque sua própria mãe deixava.

— Você está quase lá, Calla Copo-de-Leite. Está quase lá.

As palavras de Dare são cuidadosas e lentas, e eu hesito, porque tenho medo de que o *lá* possa acabar me matando.

29

Os dias passam e se transformam em noites, e eu fico todas elas nos braços de Dare. Ele me abraça, me acalma, me ama.

E

Então

Um

Dia,

Quando o céu está azul e finalmente parou de chover,

Saímos para ir à cidade.

Dare dirige e estamos com a janela aberta, com o vento soprando em nosso cabelo pela estrada.

Compro uma camiseta para ele, porque ele não tem nenhuma.

Preta, com letras alaranjadas.

Você não entendeu a ironia.

— Não é verdade — ele ri quando lhe entrego o presente. — A vida é irônica. Eu entendi a ironia.

Mas ele veste a camiseta por cima da camisa e fica ridículo. Parece não se importar, e segura minha mão à luz do dia.

— Vamos dar uma volta no mar.

— Está bem.

Porque eu sinto saudade do mar. Porque, embora o Oregon seja chuvoso e cinza, eu adorava viver perto da água.

Enquanto entramos no carro, eu me distraio com um vendedor de rua, um homem velho e pequenino, com olhos azuis e sorriso amigável. Ele traz joias expostas em um carrinho e uma peça atrai a minha atenção.

Um anel de prata, brilhando com a luz.

— Todos os meus itens são antiguidades — diz, orgulhoso.

Pego o anel.

— Este é tamanho doze. Era a aliança de casamento de um aristocrata — explica. — Eu lustrei para tirar os riscos, e o anel ficou lindo. A esposa me jurou que ele protegeu o homem em mais de uma ocasião.

— Protegeu de quê? — pergunto, curiosa.

O senhor oferece um sorriso.

— De tudo.

Eu o compro imediatamente e o entrego a Dare.

— Proteção faz bem a todo mundo — digo, em parte brincando, em parte não.

Ele revira os olhos, mas coloca o anel no dedo médio.

— Então agora estou protegido — anuncia. — Vou considerar um presente de Dia dos Namorados adiantado.

— Ainda falta um mês — aponto.

Ele sorri.

— Eu sei.

Tenho uma sensação sufocante de déjà-vu, como se soubesse o que está para acontecer... como se já tivesse acontecido. Não aconteceu?

Não sei.

Não sei de nada.

É a sensação mais forte e mais frustrante do mundo. Tento ignorá-la.

Entramos no carro e a mão de Dare está apoiada na minha perna, seus dedos curvados na minha coxa. Ele é quente, e eu absorvo o calor e solto a cabeça no encosto do banco, aquecendo-me com o sol.

Acordo com o som das ondas.

— Você dormiu — Dare comenta, e ele ficou me observando enquanto eu dormia. — Achei mesmo que precisasse descansar.

O sol já desceu um pouco e a brisa é fresca, então, enquanto andamos pela costa, Dare passa o braço por sobre os meus ombros e me puxa para perto.

— Aqui eu me sinto em casa — confesso enquanto vejo a água acinzentada molhar a areia.

— Então nós deveríamos vir com mais frequência — ele sugere, e seus dedos são leves na minha pele.

A luz fraca do fim do dia brilha ao bater na água, e por um minuto parece uma chama.

E aquele minuto, aquele minuto único,

É

O

Necessário.

As coisas me afogam, uma após a outra.

Tudo pega fogo.

Avisto Dare em meio às chamas.

Ele está gritando,

Ele está com medo.

— Eu... — Minha voz sai horrorizada, e eu vejo em minha cabeça. Tudo.

Eu vejo tudo.

Vejo o que aconteceu, mas não consigo separar lembranças e visões.

Tudo é esmagador,

As emoções,

As memórias,

O medo.

Em um piscar de olhos, vejo anos.

Anos de lembranças.

Dare e Finn e eu brincando quando éramos crianças,

Tortas de barro, e nadar na represa, e verões na Inglaterra.

Vejo Olivia, porque eu a conheci.

Cabelo comprido e escuro, olhos grandes e negros.

Olhos como os de Dare.

Seus sussurros eram sempre suaves.

— Vocês não podem ficar juntos — ela nos disse. — Não é certo. Isso não é certo. Você sabe que ele não pode sair daqui.

Dare não pode deixar Whitley.

Não pode sair.

Não pode sair.

Mas saiu.

Eu vejo.

Ele veio me buscar porque eu perdi tudo.

E, quando chegamos aqui, em Whitley, ele também perdeu tudo.

Eu o vejo com sua mãe nos braços,

Em meio às chamas de uma fogueira.

— Socorro! — ele grita. — E Olivia está inerte e morta. — Socorro!

Mas ninguém podia ajudar.

Porque um acidente é um acidente é um acidente.

— Foi um acidente? — pergunto, embasbacada, enquanto estamos ao lado do nome dela na cripta.

— Você sabe que não foi — Dare me diz, sua voz muito fria, endurecida. — Nós a levamos a isso. Fomos nós. Fomos nós.

Vejo Olivia gritando.

— Você tomou ele de mim. Ele não era seu. Ele não é seu, é meu.

Vejo a loucura nos olhos dela.

Reconheço a loucura.

Ela é o coelho e eu sou o coelho, e nós duas somos loucas.

Vejo seus faróis deixando a casa,

Vejo fogo.

Vejo Dare.

Abro os olhos e é doloroso.

— A sua mãe sofreu um acidente nas Sete Irmãs por nossa causa.

Os olhos de Dare ostentam coisas que nunca vi antes, níveis inimagináveis de tristeza. Ele assente.

— Sim.

— Você acha que é minha culpa.

Minhas palavras raspam a garganta, e eu me pego desesperada.

— Não.

— Você perdeu a sua mãe e eu perdi a minha, em duas noites diferentes. Dois episódios separados.

Ouço o desespero na minha voz porque não consigo manter nada em ordem. Todas as minhas lembranças se misturam e nada faz sentido.

Dare assente.

— Foram dois acidentes separados. Duas noites separadas.

— Mas o da sua mãe não foi acidente — aponto, com a voz enfraquecida, e mais uma vez ele assente.

— A nossa família é amaldiçoada. Porque nós temos que pagar pelos pecados dos nossos pais — digo, confusa, lembrando as palavras de Sabine. — Todo mundo está morto, e isso não faz sentido.

Não consigo entender nada. Nada. Porque meu pai nunca cometeu nenhum pecado. Sabine está errada quanto a isso.

Mas a mãe de Dare está morta.

— Me leve aos penhascos — peço a Dare. — Eu preciso ver. Preciso entender.

Ele não quer, mas me leva. Ele dirige e eu fico em pânico, não consigo respirar enquanto subimos pela estrada sinuosa.

E ele está lá.

O encapuzado.

Parado à frente do nosso carro, ele inclina a cabeça.

— Ele está me esperando — penso em voz alta. — Esteve aqui me esperando esse tempo todo.

Dare me olha confuso e eu grito para parar o carro, e ele para.

Dou um pulo para fora do veículo e vou atrás do rapaz, direto rumo ao topo, até eu estar no limite do mundo e só conseguir ouvir o mar.

Que rosna para mim.

Que ruge.

O rapaz fica tremeluzente na noite, uma lembrança que não consigo agarrar. Minha mente pisca e vacila e encolhe.

— Volte aqui! — eu grito, e o vento agarra minhas palavras e as leva para longe. — Preciso saber o que você sabe!

Eu já estive aqui antes, acho.

Eu já estive aqui antes.

O vento,

A água,

O pânico.

Ouço Dare gritar meu nome, mas não paro.

Não posso.

Sigo o rapaz, mas ele está me seguindo esse tempo todo.

Ele conhece o segredo.

Ele conhece.

Ele conhece.

Ele olha para trás, mas não consigo ver seu rosto, então corro em sua direção, movimentos violentos, saltando, meus dedos se esticando.

E então eu estou caindo,

Caindo,

Caindo,

E a água é fria,

A areia é úmida.

E eu estou arrebentada,

Eu estou arrebentada,

Eu estou arrebentada.

Dare está comigo, e sua camiseta está ensopada de sangue.

— Você está bem? — ele pergunta rapidamente, as mãos estão junto à minha. — Deus, Calla, você está bem? Abra os olhos, abra os olhos.

Finn e minha mãe e meu pai estão estendidos na areia. Mas isso foi outra noite.

Esta é a minha noite.

Não a deles.

Eles já morreram.

O tempo gira e eu estou na areia com Dare, estou no seu colo, e a espuma da água cobre nós dois, e a água está ensanguentada, e o sangue é meu.

— Você vê? — ele pergunta baixinho, com seu novo anel brilhando, porque agora ele está protegido, mas eu não estou.

— Sim — murmuro.

Proteja-me, São Miguel.

Ore por mim.

Ore por mim.

Minhas lembranças.

— Minhas lembranças não eram reais — digo a mim mesma, mas eu já sabia que isso era verdade.

Mas eu não conheço a verdade.

Elas sempre foram uma confusão.

Não eram completamente reais.

Mas agora são.

Dolorosamente,

Horrivelmente

Reais.

Repasso tudo na minha cabeça,

Outra vez,

E outra vez,

E outra vez.

— O meu amigo precisou cancelar. — Finn fecha a cara. — Acho que furou comigo. Tem certeza que não quer ir?

Droga. Resmungo em silêncio porque não sou fã do Quid Pro Quo, mas Finn está esperando esse show há meses. Estou prestes a aceitar o convite quando meu pai entra.

— Eu vou. Não quero que você fique até tão tarde sozinho na cidade.

— Le-gal! — Finn grita, animado, e eu não digo que a maioria dos garotos preferiria morrer a ir a um show acompanhado de seus pais.

Finn não é "a maioria dos garotos", e nós sabemos disso.

Meu pai apoia a mão no meu ombro.

— Ei, já sei — ele sugere. — Eu quero que você venha com a gente. Não quero que fique aqui sozinha. Hoje não. Você também vai, Calla. Vou comprar um ingresso para você.

— É isso aí — Finn diz.

E eu quero gritar Nããããão. Não.

Porque essa é uma lembrança e não é verdadeira, e não posso mudá-la.

Entramos no carro,

E eu não consigo parar.

Não consigo parar.

Eu vou matá-los,

E não posso parar.

Nosso carro acelera montanha abaixo.

E minha mãe esqueceu os óculos.

Eu não posso mudar isso agora.

A noite é estilhaçada por gritos.

Porque eu colidi com a minha mãe, e eles estão todos mortos.

— Minha família toda está morta. Meu pai, meu irmão, meu Finn. E a sua mãe também está morta, e tudo isso é culpa nossa.

Minhas palavras enfim são verdadeiras. E eu vejo coisas.

Eu vejo coisas.

Eu vejo coisas.

Dare assente, e seu movimento é triste, e eu estou sufocada. Não consigo respirar e meus dentes estão vermelhos.

— Você sempre soube? — pergunto, porque eu não sabia.

Porque minha cabeça está tão fodida que minha mente cria histórias baseadas em histórias baseadas em histórias.

Ele assente.

— Sim. Mas você não sabia.

Dare desvia o olhar, e, por um segundo, acho que isso é tudo.

Isso é tudo o que há para saber.

Esse é o último segredo.

Mas seu rosto estampa a mágoa,

E a dor,

E, no meu coração, eu sei que... não é.

Tem algo mais.

Tem

Mais

Uma

Coisa.

Meus pulmões estão fervendo e vermelhos e ensanguentados, e minha garganta apertada. Mal consigo me mexer e a dor,

A dor,

A dor.

Não consigo respirar.

— Me conte — murmuro. — Eu estou pronta. Me conte o último segredo.

Dare segura minha mão, e há uma sombra atrás dele.

O encapuzado.

É claro.

Ele estava me esperando,

me seguindo,

esteve aqui atrás de mim esse tempo todo.

Parado próximo ao ombro de Dare, ele vira o rosto.

E finalmente consigo ver.

É negro como a noite.

E não tem olhos.

Fico boquiaberta, porque enfim eu sei quem ele é.

Ele é a Morte.

Eu o vi no tarô de Sabine.

As palavras de Dare se tornam baixas, e eu me esforço para ouvir, porque ele está falando através de um túnel, através da luz e do vento e das batidas do meu coração.

— Você está morrendo — Dare sussurra. — Se não acordar, você vai morrer.

30

O mundo perde velocidade até parar.

Meu coração bate.

Está escuro.

Não há nenhum oceano.

Não há ondas.

Não há sol ou chuva ou lua.

Só há minha respiração, e bipes, e dedos envolvendo minha mão, e estou em uma cama. Não estou no oceano ou nas montanhas.

— Volte para mim, Calla — Dare sussurra, e a raiva respinga de suas palavras, e suas palavras perfuram meu coração. — Por favor, Deus, volte para mim. O tempo está acabando. Não faça isso, Deus, por favor, não faça isso. Eles vão desligar os aparelhos, e, se você não respirar sozinha, vai morrer. Por favor, Deus. Por favor.

Ele implora para alguém. Se é para Deus ou para mim, isso eu não sei.

— Nós já perdemos tudo — ele sussurra. — Por favor, Deus. Volte para mim. Volte para casa, para mim. Volte para casa.

Tento abrir os olhos, mas é difícil demais.

Minhas pálpebras estão pesadas.

A escuridão é negra.

Dare continua falando, suas palavras são lentas e tranquilizadoras, e eu poderia flutuar nelas. Seria tão fácil.

A Morte me espera.

Posso ver o rosto dela agora, e ela espera na luz atrás do ombro de Dare.

E assente.

Chegou a hora.

Mas não pode ser. Porque Dare está aqui e continua segurando a minha mão. Ele conversa comigo, ele me conta tudo o que aconteceu e, quando se cansa de falar, cantarola.

A mesma canção sem palavras e sem tom definido que ouço sempre.

A Morte se aproxima, um passo mais perto.

Preciso gritar, mas nada vem.

Tento abrir os olhos mais uma vez, mas não consigo. E não consigo movimentar os dedos.

É demais.

Demais.

Penso em ficar frenética,

E quase fico.

Mas, para me manter calma,

Repasso em minha mente os fatos.

Meu nome é Calla Price.

Tenho dezoito anos e sou metade de um todo.

Minha outra metade, meu irmão gêmeo, meu Finn, é louco.

Finn está morto.

Minha mãe está morta.

A mãe de Dare está morta.

Passei todos os verões em Whitley, minha vida toda.

Amo Dare desde que era criança.

Estou flutuando em um mar de insanidade e não consigo acordar.

Não consigo acordar.

Dare é minha tábua de salvação.

Ele ainda está aqui.

Concentro todas as minhas forças tentando fazer minha mão segurar a dele, a mão que tanto amo, a mão que segurou a minha durante todo o tempo.

Mas estou desamparada.

Estou fraca.

A Morte dá mais um passo, mas não consigo gritar.

É quando ele toca Dare que recupero minhas forças.

Ele coloca a mão no ombro de Dare,

E eu não consigo aceitar.

Não toque em Dare, quero gritar. *Você levou a mãe dele, mas não vai levá-lo! EleÉInocenteEleÉInocenteEleÉInocente!*

Mas os dedos da Morte tocam a pele de Dare,

E tudo dentro de mim ferve,

E grita.

E, de alguma forma,

De algum jeito,

Concentro minha energia,

E meu dedo se mexe.

O cantarolar de Dare cessa.

— Calla? — ele chama, a esperança firme em sua voz.

Não consigo mexer o dedo outra vez, e essa é toda a força que me resta.

Não consigo mexer outra vez, mas o que fiz já foi o suficiente.

Dare desapareceu,

Não está ao meu lado,

Grita por alguém,

Por qualquer pessoa.

Outras vozes ecoam pelo quarto,

Envolvendo minha cama,

E a voz de Dare é abafada.

Ele se foi,

Mas outros o substituíram.

Sou cutucada,

Sou estimulada,

Minhas pálpebras se levantam e a luz brilha nos meus olhos.

— É um milagre — alguém anuncia.

Não consigo ficar acordada.

Minha força desapareceu.

Caio no sono desejando que Dare volte.

Não sei quanto tempo durmo.

Só sei que sonho,

E agora, quando eu sonho,

Eles são lúcidos.

Não estou mais louca.

Não sei por quê.

Olivia está sentada à minha frente, seu sorriso gentil e suave.

— Meu menino não nasceu para você, mas você o levou mesmo assim.

Engulo em seco porque de fato eu o levei.

— Você precisa saber que as coisas são assim — arrisco. — Os meninos não podem ficar para sempre com as mães. Não foi culpa minha o fato de você ter morrido.

— Eu me matei — ela declara, direta. — Eu não queria que fosse assim, mas não consegui mais suportar a dor.

Eu entendo a dor.

E faço uma afirmação com a cabeça.

— O meu irmão... — Minha voz falha. Pensar em Finn faz meu peito doer. — Não posso viver sem o Finn — digo, enfraquecida.

E Olivia nega com a cabeça.

— Você precisa viver. Ele se foi, mas você não.

— Por que eu sonhei tantas vezes com você? — pergunto, agora realmente muito confusa.

Ela se levanta e seu corpo é tão fraco, tão pequeno. Ela é sombria como Dare e seus olhos brilham como a noite.

Olhos negros, negros, que examinam minha alma.

Olivia inclina a cabeça do mesmo jeito que Dare faz.

— Porque você não se lembrava de mim. Não se lembrava do que aconteceu. E o que aconteceu comigo é o motivo de Dare ser quem é. Ele é protetor, Calla. Vai proteger você até o dia em que ele morrer.

— Por que você queria que eu o levasse até você? — questiono. — Você está morta.

— Porque eu o deixei e não devia ter deixado — ela justifica, fechando seus olhos negros. — Dare não merecia. E agora está sofrendo e vai ficar ao seu lado até não conseguir mais ficar em pé.

Ela está certa.

Mesmo sentindo tanta dor, ele foi o meu leito,

Esteve comigo o tempo todo,

cantarolando para mim.

Olivia acena uma negação.

— O meu filho teve que fazer o que fez — justifica, e eu sei que agora ela está falando de Richard. — Eu não fui forte o suficiente para fazer aquilo parar, mas Dare foi. Dare foi forte o suficiente.

A voz dela é fraca.

— A sua história é tão triste — digo a ela, porque realmente é.

É a coisa mais triste que já ouvi. Ela discorda com um gesto.

— Não é. A coisa mais triste é saber que você pensa que nada disso foi real. Os seus sonhos são sempre reais, Calla. Mesmo que você não se dê conta. Você precisa abrir os olhos. Abra os olhos.

Abra os olhos.

Abra os olhos.

Eu acordo de repente, a insistência de sua voz me dá um choque e me leva à lucidez.

Meus olhos se abrem.

A luz é tão forte que chega a cegar.

O cantarolar cessa.

— Calla? — A voz é conhecida. É uma voz que eu amo mais do que a própria vida, mais do que tudo.

Finn.

Ele segura minha mão, um pouquinho

de

cada

vez.

Meus olhos se ajustam e eu consigo vê-lo.

Eu me concentro no seu rosto, nos cachos desarrumados que emolduram a face como uma auréola, nos olhos azul-claros e na mancha em sua mão.

— Calla, você acordou — diz, maravilhado, com a voz carregada de surpresa. — Eu pensei... Deus, não importa o que eu pensei.

Ele pensou que eu fosse morrer.

Porque eu ia morrer.

E ele *está* morto.

E eu preciso deixar de imaginá-lo. Pisco os olhos com força e os mantenho fechados.

Tento falar, mas minha voz não sai, minha garganta está seca demais. Há um tubo enfiado nela, percebo, ainda grogue. Eu o puxo com a mão, mas alguém me impede.

Abro os olhos e me deparo com uma enfermeira loira.

Meus olhos se arregalam quando vejo seu crachá.

Ashley.

A Ashley dos meus sonhos, mas agora ela não é uma garota usando um vestido de noite. É uma enfermeira vestindo um avental estampado com cachorrinhos. Ela sorri quando vê meus olhos abertos e dá a volta em minha cama.

— Não se assuste — ela diz. — Eu chamei a médica e ela já está vindo. Por enquanto, feche os olhos e eu vou tirar esse tubo. Vou contar até três e, quando eu disser três, quero que expire.

Faço isso e, no três, ela puxa o tubo para fora da minha garganta.

O tubo mais parece uma cobra na grama, sai se contorcendo, e eu nunca me senti tão feliz por me livrar de uma coisa.

Minhas mãos vão à garganta, seguram-na, e Finn traz um canudo aos meus lábios.

— Beba isso — diz, e eu bebo.

Sinto como se não tivesse bebido nada em cem anos, então bebo e bebo e bebo, mesmo sentindo dor ao engolir.

Quando termino, limpo a garganta.

Minhas palavras são secas, mas consigo colocá-las para fora.

— Desculpe, Finn.

Há dor em seu rosto, dor verdadeira, e ele fecha os olhos por um instante.

— Foi um acidente — ele enfim responde. — Não foi culpa sua.

Mas foi, sim.

Eu sei que foi, e ele também sabe.

— O que aconteceu comigo?

Só me lembro de estar parada no penhasco,

E depois cair.

Finn desvia o olhar, seus olhos azuis cheios de dor.

— Você não estava bem. Saiu perseguindo alguma coisa no penhasco.

Fico espantada, congelada.

— Eu pulei do penhasco?

O rapaz de capuz.

Agora me lembro, e meus olhos ficam arregalados.

— Você teve um colapso mental, Calla. Era para estar se recuperando em Whitley, para estar se recuperando depois de ter perdido a gente. Mas muita coisa aconteceu e a sua mente não aguentou.

Sinto meu peito trêmulo enquanto respiro e olho em volta, pelo quarto de hospital. Duas cadeiras, uma mesa, um relógio. Uma lousa branca na qual está escrito: *Sua enfermeira hoje é Ashley*. Uma pilha de livros, um travesseiro, um cobertor.

Dare não está aqui.

Sinto falta dele.

Preciso dele.

Ele me tirou da insanidade. Disso eu sei.

Minha mente me enganou e enganou e enganou, mas Dare ficou comigo até o fim.

Tomo outra bebida e olho para o relógio.

5h35.

Finn conversa comigo sobre meu pai, minha mãe, os funerais, a vida.

— E o padre — meu irmão faz uma pausa. — Um padre te colocou debaixo da asa dele. Veio te visitar várias vezes.

Pisco.

— Ele se chamava Padre Thomas?

Finn assente lentamente.

— Como você... ah, esquece. Ele veio te visitar muitas vezes. Na última ocasião, ele... ele te deu a extrema-unção, Calla. — A voz de Finn falha e ele desvia o olhar.

Por meio desta santa unção, que o Senhor, em seu amor e misericórdia, a ajude com a graça do Espírito Santo. Que o Senhor, que liberta dos pecados, a salve e a levante.

Eu me lembro.

Todos pensaram que eu morreria.

Dare também?

6h25.

As portas se abrem e meu coração dá um salto, pensando que é Dare quem está para entrar.

Não é.

É Sabine.

Só que não.

— Sou a doutora Andros — se apresenta com uma voz gutural, uma voz conhecida, uma voz que passei meses ouvindo. Pensei que fossem meus sonhos, mas era real. — E você nos deu um susto e tanto.

Ela me cutuca com suas mãos pequenas, e eu fico impressionada com sua semelhança com Sabine, com quão interessante nosso cérebro é quando estamos traumatizados.

— Você vai se recuperar plenamente — enfim me diz, e parece um pouco impressionada.

— Obrigada — agradeço.

E os chás que ela me dava nos sonhos deviam ser medicamentos na vida real, sedativos. Ela assente e vai embora.

Fico sozinha com Finn, e são 6h42.

Não quero fazer meu irmão se sentir *menor*,

Mas estou louca para ver Dare.

Cada molécula e fibra do meu corpo precisa vê-lo.

6h43.

Então, tenho que perguntar.

— Finn, quando o Dare vem?

Finn está na janela, e, quando dá meia-volta, seus olhos estão embaçados, com algo sombrio, algo hesitante. Ele me encara enquanto se pergunta o que dizer, tomando cuidado comigo.

É por isso que nós temos que ter cuidado ao lidar com ela.

Eu me lembro de já ter ouvido essas palavras, quando não conseguia ver quem as dizia.

Um peso,

Um peso enorme,

enorme,

invade meu estômago, porque Finn é tão cuidadoso, porque ele não sabe o que dizer.

O medo se espalha por mim e eu mexo a língua.

— Finn — digo outra vez, o terror ganhando força no meu coração. — Quando o Dare vem?

Meu medo decola como um pássaro, porque Finn faz um sinal negativo com a cabeça.

Ele se senta e segura a minha mão.

Seus dedos são frios.

Seu corpo fica paralisado.

Meu coração é um peso,

caindo no meu peito,

quebrando todos os ossos.

— Calla — Finn começa cuidadosamente, seus olhos azuis fixos no meu rosto. — O Dare está...

Sua voz instável some,

como pedacinhos de vidro estilhaçado.

Eu aperto sua mão com força,

com toda a minha força.

Porque acho que já sei a resposta.

CONTINUA...

Impresso no Brasil pelo Sistema Cameron da Divisão Gráfica da
DISTRIBUIDORA RECORD DE SERVIÇOS DE IMPRENSA S.A.